JN033953

私にとっての「鎖国」と「開国」

激動の昭和の片隅で

堀素子
HORI Motoko

文芸社

もくじ

はじめに――日本は「開国」と「鎖国」を繰り返して国を作った

　この小冊子を手にされた方は、表題の「鎖国」「開国」という言葉にドキッとされたのではなかろうか。

　鎖国も開国もはるか昔の歴史の一コマなのに、なんで昭和が「鎖国」と「開国」なのかと。

　もちろんこれを書くまでは私もそう思っていた。しかし書き進めるうちに、この直近の出来事が、遠い昔の歴史に似ていることを実感した。

　戦争中のあの暗い時代をどのように表現したらいいかずっと考えている時、ふと思いついたのが「鎖国」という言葉だった。これは歴史の中にしか出てこない言葉と思っていたが、日本を世界から孤立させ情報を遮断するというのが「鎖国」の定義だとすれば、国を挙げて戦争に突入した昭和初期の状況はまさに「鎖国」そのものではなかったか。

　このことに気づいてから日本の過去を思い出してみると、まだ歴史とも言えないころから日本はこの「鎖国」と「開国」を繰り返してきたような気がする。本文に入る前にこの気持ちを少し整理してみたいと思う。

(1) 江戸時代の「開国」と「鎖国」

おそらく日本人がはじめて外国人の力に直面したのは、一五四三年ポルトガルから種子島に持ち込まれた鉄砲であろう。

鉄砲の威力に驚いた日本人はすぐさま類似品の製作を始めると同時に、西洋のその他の武器・物品を取り寄せ始めた。このころは外国排斥どころか「異人さん大歓迎」だったのではないか。一五四九年にはフランシスコ・ザビエルが鹿児島に来てキリスト教の布教を始めているし、一五六九年には信長がルイス・フロイスに京都居住を許している。

しかしキリスト教が歓迎されたのはわずか数十年で、一五八七年には秀吉がキリスト教の伝播力に恐れをなして入信を禁止し、西洋人宣教師の国外追放を命じた。それでもキリスト教の勢いは止まらず、ひたひたと民衆の中に沁み込んでいった。信者たちの信仰の強さに業を煮やした秀吉は、一五九六年ついに長崎で二十六人の信者を磔の刑に処した。

これはおそらく当時の人々に秀吉という支配者の恐ろしさを見せつけたと同時に、キリシタンには近寄らないようにしようという閉ざされた心をも植え付けたに違いない。

一六〇〇年、関ヶ原の戦いに勝って自らの幕府を開いた家康は、厳しい鎖国を一部解いて一六〇五年スペイン人との通商を再開した。一六〇九年にはオランダ人に平戸で商館の建設を許可し、イスパニア国王に書簡で貿易の保護を約束した。

しかしながらその直後の一六一二年には再びキリシタンを禁止し、京都のキリスト教の会堂を破壊した。その一方、翌年にはイギリスとの通商を許可し、陸奥の国では伊達政宗が、支倉常長を遣欧使節としてローマに送り出した。

来日する西洋人に対する、幕府のこのような一貫性のない政策は、おそらく外国に対する恐怖と興味が入り混じって表れたものと思われる。

キリシタンを徹底的に弾圧し、バテレンを国外に追放したのは、キリスト教の持つ精神的な強靭さ・神に対する忠誠心が、幕府への忠義を凌駕すると恐れたからであろう。しかし同時に西洋からもたらされる珍しい品々への憧れは強く、それを手に入れたい気持ちは抑えがたかったに違いない。

このような複雑な心理状況の現実的解決方法として考案されたのが長崎の出島だったのだろう。この狭い区域だけで、しかも交易相手はオランダ人だけというきわめて限定された空間と条件で、徳川幕府は自らの安全を守りつつ交易による利益を手にした。

しかしきわめて限定的にしか入ってこない西洋の文物（ぶんぶつ）は、一般民衆には縁のないものだった。大多数の農民は日本のほかに広い世界があることも知らず、そこでどんな人たちがどんな暮らしをしているかも知らず、幕府に言われるままに働いて税を納め、貧しい暮らしに甘んじていた。

日本の政府による最初の鎖国はこうして始まった。

この鎖国状態が約二四〇年続いたために文化が熟成して、いわゆる日本的文化の数々がこの時期に花開いた。しかしその恩恵に浴し、自らもその熟成に関わったのはごく一部の上層階級と、それに連なる商人のみで、ほとんどの人は、世界のことも外国のことも何一つ知らないまま過ごした。

しかしながら、日本以外の世界も暮らしも知らない庶民は、おそらくそれで満足していたのだろう。その意味では幸せな時代だったのかもしれない。

(2) 黒船が開いた明治時代の「開国」

すでに十八世紀に始まっていたヨーロッパ人の世界進出は、十九世紀にはついに日本までやって来た。

それまでにも難破船をはじめ何度か日本の港に立ち寄った外国船はあったが、決定的な開国に到ったのは、かの有名なペリーの黒船来航であろう。

もはや幕府はこの外国船のことを秘密にはできなかった。黒船から降りてくる外国人は、その顔形も着ているものも日本人には初めて見るもので、とにかく珍しかった。この珍しい出来事に対する人々の興味と熱狂を幕府は抑えることはできなかった。

紆余曲折を経ながらも結局幕府は大政奉還し、それを引き継いだ明治新政府が外国に門戸を開いた。こうして日本と日本人は一挙に世界の嵐の中に放り出された。外国特に西洋からは新奇な文化を携えた人々がつぎつぎにやって来て、それまで日本しか知らなかった人々を驚かせた。髪の色・顔つきの異なる「異人さん」を間近に見て、世界は日本だけではないことを直感的に理解したに違いない。

これを契機にさまざまな文明の利器が輸入され、それを模倣した日本製品も作られ、日本人の暮らしのかなりの部分が西洋化した。とりわけ文化的に影響の大きかったのは、政治・経済・哲学・文学・工芸その他生活のあらゆる場面で必要とされるようになった西洋の語彙を、日本語に翻訳したことであろう。今では完全な日本語になっているこれらの語彙があってこそ、その後の西洋文明の輸入と咀嚼が容易だったといえよう。短期間にこれを成し遂げた明治の賢人の努力にはどれほど感謝してもしきれない。

開国と同時になだれ込んだ西洋の文明の利器は、庶民生活に恩恵をもたらした一方で、近代戦争の武器と思想が瞬く間に支配者層に浸透した。それはまるで刀を奪われた武士階級の遺恨が蘇ったかのようで、かつて諸藩の間で所領の拡大を目指して争った戦いが、近隣諸外国との戦いに発展したともいえよう。

こうして明治維新後数十年を待たずして、日本は日清戦争、日露戦争へと突き進んでいく。この目的で戦争に利する多くの技術工学的発展があったが、同時に戦争を支持する思想教育も推し進められた。その典型があの「教育勅語」であろう。明治二十三年（一八九〇年）、この謄本が全国の学校に配布されている。

(3) つかの間の大正デモクラシー

明治時代の「鎖国から開国へ」の変化と、昭和初期の「軍国主義的鎖国からアメリカ民主主義的開国へ」の変化は、期間の長短はあるが、国全体を一八〇度転回するほどの変化をもたらした点で、酷似しているように思われる。

その中間にあった大正時代は、一九一二年から一九二六年までというほんの短い期間であったけれど、民主主義的気運が国中に溢れた。

といってもそれはやはり全体ではなく、ある程度学識のあるインテリ層とか、生活に余裕のある、中流より上の層であったと思われる。しかしおそらく、一般庶民も学校教育や新聞・雑誌・ラジオを通してある程度の海外の情報を得ていたに違いない。

この時代には普通選挙権（ただし男子のみ）とか婦人参政権運動とか職業婦人とか、今なら普通と思われる事柄が始まっているし、ラジオ放送、蓄音機、レコードのような文明の見本のようなものも出てきている。

文学では芥川龍之介、川端康成、志賀直哉など日本を代表する作家もこのころ出ているし、山田耕作（耕筰）の「赤とんぼ」「この道」などもこの時代に作曲された曲だ。これらの文学作品や音楽作品は一部、明治時代から始まった学校制度によって教科書に取り入れられた。

(4) じりじりと締め付けがきつくなった昭和初期の「鎖国」

このような明るくて西洋的雰囲気の溢れた大正デモクラシーの時代は、わずか十五年でつかの間の夢のごとくあっという間に終わり、この希望に満ちた民主主義的な日本は、またしても世界に扉を閉ざしてしまった。

昭和に入るとすぐに始まった世界恐慌のために日本も経済が行き詰まり、軍部が主導して大陸に進出し、満州まで国土を拡張しようとする目的で、一九三一年（昭和六年）に満州事変が始まった。

翌年には日本は大陸では傀儡政権（かいらいせいけん）の満州国の建国宣言をし、国内では特高（警察）を立ち上げた。こうして一気に軍国主義が国中を覆うようになったが、対外的にも一九三三年（昭和八年）、国際連盟の会議場で松岡全権が席を蹴って退場するという劇的なパフォーマンスを演じた。

国連が提示した満州撤退の勧告をこのような形で拒否した松岡全権に、日本国内ではヤンヤの大喝采だったという話を私は母から聞いた。国際連盟でのそのようなふるまいは国際社会を侮辱するとも知らず、日本では「勇気ある政治家」として松岡氏の人気を高めたらしい。同年「治安維持法」によって多数の検挙者が出たとの記述もある。

日ごとに戦時色が濃くなっていく中で、「ぜいたくは敵だ!」などのスローガンが掲げられるようになる。一九四〇年には歴史家津田左右吉(そうきち)が皇国史観に反する記述をしたとして不敬罪に問われ、キリスト教伝道者賀川豊彦は、反戦・平和論を唱えた罪で憲兵隊に拘引された。

そしてついに一九四一年(昭和十六年)十二月八日、日本海軍はハワイ真珠湾を攻撃し、米国に宣戦布告する。同日、新聞・ラジオの天気予報と気象通報が中止されたが、これは戦時中の報道統制の始まりだったのかもしれない。

こうして私が幼稚園に入った時には太平洋戦争はすでに始まっていた。そのため私は、物心ついたころから軍国主義的雰囲気に浸されていた。もちろん自分の周囲にそのような空気が満ちているとは思いもしなかった。私にとってはそれが普通の暮らしだった。

そもそも私が日本以外の国として知っているのは、戦争している相手のアメリカとイギリスのみで、その他の国の名前など聞いたこともなく、もっと広い世界があるなど想像もしなかった。

敵国の米英を描く新聞の漫画では、ルーズベルトとチャーチルの顔をした犬が描かれていて、とても私たちと同じ人間とは思えなかった。

新聞とラジオが唯一世界を垣間見せてくれるツールのはずであるが、どれほど正確に当時の世界を報じているのかなど、当時の日本人は思いもしなかったのではないか。少なくとも私の身近では話題になったことなどなかったと思う。

食料もその他の物資も常に不足していたので、大人たちは「世界情勢」に気を取られる暇もなく、生きていくのに必死だったのだろう。

もし「世界情勢」に関連する話をしょっちゅう耳にしていれば、単語の切れ端くらいは憶えているはずだが、まったく何の記憶もない。記憶に残っているのは戦意高揚の軍歌ばかりで、そこで使われている歌詞は今でもしっかり頭に残っている。

この先、日本軍がインドシナ半島・南方諸島でどれほど悲惨な戦いを強いられたか、国内各地がアメリカ軍の空爆でどれほど大きな被害を受けたか、広島・長崎が地獄のような原爆被害を受けることになったか、いまではもうすでに世界中がよく知っている事実だが、同じ時期にどれほどの日本人がこの事実を知っていたか、おそらく皆無に近いと思われる。

一番の当事者であるはずの国民は何一つ知らされず、完全に蚊帳の外に置かれたままだった。

(5) 戦争に負けてようやく「開国」

太平洋戦争は、ある日突然終わった。昭和二十年八月十五日正午の天皇陛下のラジオ放送によって、昨日までの戦争はあっけなく終わった。私が小学三年生の夏だった。

戦争に負けるとはこういうことかと、後々私は理解した。ある日突然、前の日まで当たり前だったことが当たり前でなくなり、絶対にやってはいけないと禁止されていたことがどうでもよくなった。前の日までの「憎い敵」は突然「従わなくてはならないご主人様」になった。

この終戦を境に、日本は国の向かう方向を軍国主義一辺倒の国粋主義から、アメリカ的民主主義へ一八〇度転換した。

しかし子供の頃感じていた説明のつかない違和感——昨日まで正しかったことが今日は嘘となり、昨日まで敵だった相手が今日からご主人様となる——について、大人たちはこの矛盾をどう思っていたのだろう。

こうして日本は「鎖国」を解き「開国」に踏み切ったのだが、この直近の「開国」でさえ、明治の黒船同様、米国の圧倒的な力によって押し切られたものだった。

「鎖国」は自力ですぐにやれたのに「開国」は自分からはできなかった。そこに、根本的に日本が抱える何か深い問題点が隠れているのではあるまいか。

(6) この「開国」状態はいつまでも続くか

あの敗戦から七十七年経った今、日本はまだ「鎖国」状態に入ってはいない。「開国」状態にあるといえよう。

しかしながら、今年（二〇二二年）の二月、ロシアが何の理由もなく不意にウクライナに軍事侵攻し、戦火は瞬く間にウクライナ全土に拡大した。その過程で街々が破壊され、老人・幼児を含む多くのウクライナの人々が傷つき、亡くなった。何百万もの人々が一時的に国外に避難して当面の生命だけは維持しているものの、いつ故郷に戻れるか分からない。このような悲惨なことが起こるとは、お正月の段階で誰が想像しただろう。

これはウクライナだけのことではない。いつどこでどういう悲劇が起こらないと誰が断言できよう。幸せを手にするには時間がかかるけれど、不幸はいますぐにでも起こるかもしれない。

私たち日本人は、昭和の初めにそれを目の当たりにしたはずだ。いまの幸せな日常を失わないためにも、私たちは「歴史は繰り返す」ことを忘れてはならない。

私がこの小文を書きはじめた時には、そのような気持ちは全くなかったのだけれど、昔のことを思い返しているうちに、やはり歴史は繰り返す可能性があると思い始めた。

それで当初考えていた書名に「鎖国」と「開国」の語を加え、この「はじめに」も書き添えた。そのため、呑気そのものの本文と少し合わないところもあるけれど、お許しいただきたいと思う。

一　昭和初期の田舎の暮らし

1．私の生まれ育った田舎町

私が生まれ育ったところは岡山県の南部、兵庫県境から十キロほどの瀬戸内海に面した小さな港町で、片上(かたかみ)という。

岡山はその名の通り「岡」と「山」ばかりで、片上も海に面して細長い土地に人家(じんか)があるのみで、背後には低い山が間近に迫っている。

備前焼で知られている伊部(いんべ)は隣町で、町村合併によって今では共に備前市となっている。

ここは古い時代から山陽道の街道筋で、古い地図にも「片上」の地名が出ている。かつてはこの道を、草鞋(わらじ)を履いた旅人が往来していたのであろうが、もちろん現在は国道が通り、車の往来も激しい。しかし私が生まれてから終戦までは、人々はこの山と海に挟まれた狭い土地に肩を寄せ合うように暮らしていて、片上は曲がりなりにもこのあたり唯一の「町」だった。農家や近くの小さい村の人々は「町へ買い物に行く」と言って片上に来ていたようだ。

この町の各家の造りは、小さいながら京都の町屋に似ていて、街道に面した入口はとても狭く、せいぜい二枚か三枚の扉がある程度。しかし奥行きはとても深く、薄暗くて狭い路地のような通路をずっと裏まで突き抜けると、そこにぽかっと空間が広がり、小さな庭と小さな空がある。

私の家もそういう造りで、なんとなく暗くしめっぽい感じだった。せめてもの救いは奥にある小さな庭とその上に広がる小さな空だったが、そこに大きくのしかかるように顔をのぞかせているのが、海に湾曲して突き出ている向かい側の半島にそびえる山だった。山といっても一〇〇〇メートルもないほどの低い山だけれど、狭い家の小さな空を覆うには十分な大きさだった。

私は無意識のうちにあの山の向こうに行きたいと思っていたのだろう。のちにこの町を離れることになっても、何の未練もなかった。

2．戦争中に歌った歌

私が生まれた昭和十一年には、日本の軍隊はすでに中国に進出していたらしい。関東軍が昭和七年にハルピンを占領したことに対して、翌八年、国際連盟が満州から撤退するように勧告していたにもかかわらず、日本はそれに耳を貸さず、翌九年、勝手に満州国を創設した。以後、国際社会に背を向け続けることになる。

その後昭和十二年には「盧溝橋の一発」に端を発して、日本は中国と本格的戦争に突入したが、政府はこれを「支那事変」と呼んだ。このあたりの語彙はいつの間にか幼い子供の頭にも入っていて、意味は分からないなりに、私にもなじみの言葉になっていた。

物心がついた時、日本はすでに戦争の真っただ中だった。日本国内で戦いがなかっただけで、世の中の空気は戦争一色だったのではないか。

だから私にとっての子守歌は「軍歌」だった。三歳くらいの頃には結構上手に歌えるようになっていたらしく「素ちゃんは歌がうまい」と大人たちが褒めてくれていた記憶がある。今でもメロディはちゃんと覚えているし、歌詞も少々怪しいけれど一応ちゃんと歌える。

ああ　あの顔であの声で　手柄頼むと　妻や子が
ちぎれるほどに　振った旗　遠い雲間に　また浮かぶ　（「暁に祈る」）

ここは御国を何百里　離れて遠き満州の
赤い夕日に照らされて　戦友(とも)は野末(のずえ)の石の下　（「戦友」）

勝ってくるぞと勇ましく　誓って故郷(くに)を出たからは
手柄立てずに死なれようか

進軍ラッパ聴くたびに　まぶたに浮かぶ旗の波（「露営の歌」）

本当なら戦意を掻き立てるのが目的であろうに、これらの軍歌はどれも哀調を帯びた短調で、歌う人も聞く人も思わず涙を誘われるメロディだ。

歌詞の内容とは裏腹に、これを歌う人、聞く人の本心はやはり「涙」だったのではなかろうか。だからこそこれらは「軍歌」という衣をまとってはいるが、当時の人々に愛唱されたのであろう。

一方、私の両親は洗礼を受けたクリスチャンだった。戦時中でも毎週一回、大嶋先生という牧師先生が十キロ近く離れた香登(かがと)教会から来られた。先生は自転車を漕いで夕方我が家にお見えになり、貧しい食卓をいっしょに囲んだ。多分その前に「家庭集会」といって聖書を読み、讃美歌を歌い、お祈りをするミニ礼拝をしたのだろう。その意味では讃美歌も私の子守歌だったと言えよう。

主われをあいす　主はつよければ　われよわくとも　おそれはあらじ
（をりかへし）
わが主イエス　わが主イエス　わが主イエス　われをあいす（「主われを愛す」）

この讃美歌は歌詞も曲も覚えやすいので大人も子供もよく歌っていた。そのほかにも歌える歌はたくさんあったが、なかでも大人になってようやく意味が分かって好きになった讃美歌もある。

みのれる田の面は　見わたす限り　穂波のたちつつ　日陰ににほふ
垂穂はいろづき　敏鎌をまてり　いざや共にからん　期すぎぬまに　（「みのれる田の面は」）

これは多分、労働歌の形をとって宣教を勧める意味が込められていると思うけれど、家庭と仕事に追われている頃の私には、自分を励ます歌に思えることもあった。

ごく最近は近い年輩の方の訃報に接することが増えて、次の讃美歌が身に沁みるようになった。特に第二節の「親しき友みな先立ちゆきて」の個所は、まさに今の私の心境である。

夕日はかくれて　道ははるけし　行く末いかにと　思いぞわずらふ
（をりかへし）
わが主よ今宵も　ともにいまして　寂しきこの身を　はぐくみたまへ

親しき友みな　先立ちゆきて　小暗きうき世に　ひとりのこりぬ（「夕日はかくれて」）

ほかにも讃美歌には、私の個人的思いとは別に、一般の人もよく知っている歌がたくさんある。

かみともにいまして　ゆくみちをまもり　あめのみかてもて　ちからをあたえませ
またあふ日まで　またあふ日まで　かみのまもり　ながみをはなれざれ
（「かみともにいまして」）

クリスマスの定番「きよしこの夜」や「もろびとこぞりて」も、もちろん讃美歌である。

そのほかに、父が好きだった讃美歌のメロディが、実はウェーバー作曲のオペラ『魔弾の射手』の序曲であることを、ずっと後になって知った。最近退任された香登教会の工藤牧師先生もこれを愛唱歌にしていられることも分かった。もちろん母と私の愛唱歌でもある。

主よ御手（みて）もて　ひかせたまえ　ただわが主のみちをあゆまん
いかにくらく　けはしくとも　みむねならば　われいとわじ（「主よ　み手もて」）

（参考『讃美歌』昭和二十九年一月一日、讃美歌委員会発行、教文館発売）

墓参りの時にはいつもこの讃美歌を歌う。墓前で歌うと、ほんとうに「主の道」を歩いていた、あるいは歩こうとしていた父の気持ちが伝わってくる。

こうして戦争中でも暗い電燈の下でひっそりと続けていた礼拝だったが、不思議なことに町内から咎められることはなかったと思う。

当時の日本ではキリスト教はご法度だったに違いない。しかし誰も気がつかなかったのか、見て見ぬふりをしていたのか、誰にも文句を言われることなく、我が家だけの礼拝は続いた。

両親が町内の人からどのような扱いを受けたか、あるいは他家と異なる宗教を持ち続けることをどのように感じていたか、私は知らない。少なくとも私はクリスチャンの家だからといって特にいじめられたり、差別されたりしたことはなかった。男の子の中には「アーメン、ソーメン、冷やソーメン」と言って囃（はや）す子もいたが、私は別に何とも思わなかった。

3. 祖父母の家

私の家は一応「まち」と呼ばれる地域にあったが、実はこの周囲には広い田畑や山がある。地図で見ると片上は瀬戸内海の入り組んだ港の一つで、町の奥はずっと山、山、山……。この山の麓に母の生まれた国久家がある。この国久という家は、昔は庄屋をしていたという少しばかり古い家で、かつては周囲の田畑はぜんぶ所有していたとか。裏山の墓地には、文字の読めなくなった大昔の古いお墓もそのままの姿で立っていた。

私の曾祖母にあたる「歌さん」という女性は、岡山藩主・池田家の「御殿女中」(江戸時代に宮中・将軍家・大名などの奥向きに仕えた女中)をしていたとかで、私でも彼女の名前を知っているくらいだから一家の自慢だったのだろう。

曾祖父は母など孫には厳しかったけれど、この「歌さん」は大切に扱っていて、農家だったにもかかわらず農作業などはさせなかったらしい。

祖父は為太郎、祖母は小真喜といい、二人とも私が生まれた時は健在で、それぞれ八十歳、七十歳を超えるまで長生きした。

嘘かと思われるが、祖父は昔の藩校・閑谷学校へ通っていたそうな。ここには有名な小説家、劇作家の正宗白鳥さんも通っていた。

そんな大層な学校に入れてもらったにもかかわらず、勉強が嫌いな祖父は途中でやめてしまい、田舎の百姓で一生を終えた。もちろん白鳥さんは閑谷を卒業した後、東京専門学校（いまの早稲田大学）に入り、りっぱな文学者になった。

この祖父母の家は、私の家から子供の足でも三十分くらいで行ける距離だったので、何かの折にはよく行った。

屋敷の入口には大きな門があり、中には母屋のほかに蔵、納屋、牛小屋、鶏小屋、離れなどがあった。そこここに農具がいっぱいあってとても面白かった。なかでも私は足で踏む、シーソーのような形をした唐臼（からうす）が好きで、よくやらせてもらったが、私の脚力では杵が均等に落ちなかった。

牛小屋には黒い牛が一頭いた。私は時々その鼻先をなでたりした。ちっとも怖くはなかった。祖父が大きな刃のついた道具で藁をざくざく刻んだのを、私は両手にいっぱいかかえて牛の飼い葉桶にぱらぱらと落としたりした。ものは言わないけれどやさしい目をした牛は、なんとなく親しい友達のように思えた。

まだ六十歳にもなっていなかったと思われる祖母は、畑仕事と七人の子育てですっかり歳を取って、腰が丸く曲がっていた。しかし曲がった腰のまま広い屋敷を歩き回り、家内のすべてを仕切っていた。忙しいのであまり孫にはかまってくれなかったけれど、私はいつも何かぶつぶつぶやきながら歩いている彼女の後ろについて歩いていくのが好きだった。

時には日当たりの良い庭で、祖母が莚(むしろ)にいろいろな種や実を並べるのを手伝ったり、石臼を手で回したり、野菜くずを刻んで糠(ぬか)と混ぜて鶏の餌を作ったりした。夕方には鶏を庭に放して遊ばせるのだが、私はそういう時の鶏はなんだか怖くてちょっと苦手だった。

祖母はたまに私を縁側に座らせて顔を剃ってくれた。そういうことをしながら、そしていろいろな仕事をしながら、彼女は絶えず何かしゃべっていた。私はそれを聞くともなしに聞いていたのだが、後になってその言葉の端々を思い出し、まるで歌の文句のようだと思った。

蔵行(い)きゃ蔵行(い)て用があり、納屋行(い)きゃ納屋行(い)て用がある
だんご汁は煮えるし、赤子は泣くし、お父(と)どは戻るし、やれ尻痒いや

祖父は、母や叔母たちの話ではあまり真面目な人ではなかったらしく、博打が好きで、そのためにいっぱいあった田畑の多くを売り飛ばしたとか。

しかし私にはとてもやさしくて、時には大きなあぐらの中に座らせてくれたりした。そんな時、私は祖父の顎や頬に生えているざらざらした白いひげを指でなでた。その何とも言えない感触は今でも憶えている。

4．お餅つき

母方の祖父の家での最高のひとときは、お正月前の餅つきだった。

私が幼稚園から小学生のはじめ頃は、十二月二十九日か三十日あたり、餅つきの日が決まると、前の日から泊まりがけで行った。

普段あまり会わないいとこたちも来るので、とても賑やか。彼らの母親、つまりこの家から嫁に出た叔母たちも戻ってくるので、人手は結構ある。当日は早朝に始まる餅つきを私は納戸のふとんにもぐったまま、ずっと眺めている。

餅つきはまず前日に納屋から大きな臼を出してくることから始まる。臼は台所の土間に据え、脇に置いたバケツには水を張って大小の杵を入れておく。もち米はつく餅の分だけいっぱい洗っておく。

当日、それをいくつもの蒸籠（せいろ）で蒸して、臼に移す準備をする。蒸籠は奥のかまどに据えた大きな鍋の上に何段も重ねて乗っていて、子供も時にはかまどの火の番を仰せつかることもある。

十分蒸しあがったもち米は臼に明け、すぐさま女二人が小さい杵でこねる。その後、今度は祖父が一人で大きい杵を振り上げ、振り下ろす。

杵が上がった隙に臼の餅に水を打ちながらひっくり返すのは祖母の役目。ここが餅つきのメインで、杵が上がったわずかの時間に手に水を含ませて臼の餅に振りかけ、ひっくり返す。杵が餅に落ちる時出るのが「ペッタンコ、ペッタンコ」というあの音だ。

　板敷の間では広い板の台にたっぷりと粉をまき、餅を待つ。そこへ十分ペッタンコした餅がどさっと落とされる。待ち構えていた女たちと子供たちはすぐに餅を丸め始める。

　つきたての餅はほかほかして手が熱い。ふうふう言いながらどうにか丸くまとめて餡子とかきな粉をつけて食べる。これが餅つきの一番の楽しみ。

　そのあとつき上がった餅は大きな長方形の「もろぶた」いっぱいに広げる。豆餅は十センチか十二センチ幅で二本程度にわけて「もろぶた」の端から端まで長く伸ばす。

　これを翌日かその次の日、ある程度固まってから白い餅は一センチ五ミリくらいの厚さで四角い「切り餅」に切る。豆餅は半月型のまま、同じくらいの厚さに切る。私はお餅とはこういう四角いものだと思っていたので、後になって丸いお餅がふつうの所もあると知って驚いた。

　そのほかいわゆる「かき餅」もこしらえる。私が育った地方のかき餅は、四角い餅をうんと薄く切ったもので、一枚ずつ糸を通して藁に結わえつける。それからこのかき餅が何枚もぶら下がった藁を竿に吊るす。これを軒先で干して風に当てて乾燥させて完成。

　かき餅は日持ちがするので、コンロに乗せた「てっきゅう」（網）で焼くと、いつまでもおいしく食べられる。

　こうして何回も臼の上で杵が踊り、その下で水を打つ手が走る。すべての餅がつき終わるのはおおかた昼すぎ、大人たちはそれからゆっくり餅を味わうが、子供はとっくに外に遊びに出ている。こうしてお正月の前夜祭は最高の時間を迎えるのだった。

そのほかこの屋敷で覚えているのは、獅子頭をかぶった男たちが数人来て、簡単な神楽舞をするのを見たことだ。

今でも時折テレビでかなり派手な田舎の神楽舞を見せているが、昔はただ庭先でちょっと踊って見せるだけだった。

それでも当時は珍しく、近所の人たちも見に来ていたのではないか。

5. 父母の結婚

前に書いたのは母・敏子の実家で、明治末期、三十八年生まれの彼女は、当時としては珍しく職業婦人をめざしていたらしい。

長女の彼女を早く適当な相手と結婚させたかった祖父母は、何度か見合いをさせたそうだが（このことは母自身からは一度も聞いたことはない。母が亡くなった後、叔母から聞いた）、彼女はそういう話には見向きもせず、当時設立されたばかりの「岡山県衛生会産婆看護婦学校」（この名称も不確か。このような名前を母から聞いた記憶はある）を受験し、補欠で入学した。

母が繰り返し話した自慢は「入る時は補欠だったけど出る時は三番だった」という話。つまり一番下で入学したけれど、入ってからすごく勉強して上から三番で卒業したということ。

家はそれほど貧しくはなかったにしても決して豊かではなかったので、母がこの学校へ行くことにはあまり賛成ではなかったらしい。それでもそれを押し切って入学し、倹約しながら勉強し、三番で卒業したというのはすごいと思う。

卒業後は実家に帰ったが、親しくしていた医院の院長先生から「うちの近くで開業するとよい」といわれて、片上町で産婆（助産婦）を始めた。

この仕事をする人は片上には二人しかいなかった。もう一人は少し年輩で、三輪車を漕いで妊婦さんを訪問していた。一方、母は自転車に乗っていたので三輪車よりはスピードがあり、機動的だったと思う。

当時お産は自分の家でするのが普通であった。お嫁さんが妊娠したと分かったら、その家の人がすぐに信頼する産婆さんを訪ねて依頼する。頼まれた産婆さんはその時から妊娠と出産のすべてに責任を持つ。

始めのうちは、多分月に一度、のちには妊婦さんの状態によってもっと頻繁に訪問して診察し、時期に応じて必要な指導をする。そのため何度もそのお宅を訪ねることになる。だいたい農家が多いので、母はそういうお宅を訪れるたびに季節の野菜をいろいろいただいていた。食料事情がよくない時代だったので、うちでは大いに助かっていたと思う。

お産が始まるのは時を選ばないので、早朝のこともあれば夜中のこともある。お産の予兆が見えたら、その家の人がすぐに産婆さんを呼びに来る。多くの場合、産婆さんは一緒にその家に行く。もちろんすぐに行けないこともあるが、とにかく大急ぎで行く。

妊婦さんを無事出産させたら、生まれたばかりの赤ちゃんの面倒も見なくてはならない。家の人はすでにいっぱいお湯を沸かしているので、産婆さんはいま取り上げたばかりの赤ちゃんを丁寧に洗い清め、用意された衣服を着せてちゃんとした赤ちゃんにして、家族に面会させる。とにかくこのお家で出産という一大事を無事に乗り切るよう、最後まで細かく面倒を見るのだ。

などとまるで現場を見たようなことを書いたけれど、当然ながら私はそういう現場には一度も行ったことはない。だからこれは全部母の話の端々から私が想像したことだ。

とはいえ、母が夜中に呼び出されることもしょっちゅうあったので、お産というものが、子供を産む女性にとっても、家族にとっても大変なことだということはよく知っていた。

いつの時代でも子供が生まれるというのは一家の一大事であるが、病院という選択肢がなかった頃は、どの産婆さんを頼むかは各家の重要な選択事項であった。当時、誰に依頼するかはもっぱら口コミによるが、母は評判がよかったのだろう、引きも切らず依頼が来た。真っ正直な人だから誰からも信用され、そのうえちゃんとした学校で勉強もしていたので、当時としては最先端の知識を持っていて、その点でも信頼されていたのではないか。

その頃隣町の伊部（いんべ）の同業者の原田さんから結婚相手、つまりのちに私の父になる人を紹介されたそうだ。母の言い分では「私に収入があったからあの人を押し付けた」と言うが、叔母の言うには、母はいくつもの見合いを断っておきながら、この人は気に入ったらしい。多分「いい男だったからかも」と。

実はその頃、彼、未来の父・千年（ちとし）は、御津郡玉柏（みつぐんたまがし）という岡山市の少し北にある実家の石田家を出て、片上港にある港湾関係の会社に勤めていたらしい。その前は実家近くの酒屋に勤めていたのだが、世界中を襲った大恐慌で世の中が大混乱し、勤め先の酒屋にも取り付け騒ぎが起こって、大勢の人が押しかけたらしい。

彼は酒屋でかなり責任ある立場だったらしく、その騒ぎを収めるために先頭に立って大奮闘したそうだ。そしてその結果盲腸を患って大学病院に入院することになった。ここで何人かのクリスチャンと出会い、信仰に目覚めて岡山市内の教会で洗礼を受けたらしい。その頃の友人と病院で撮った写真が何枚か残っている。

彼が片上に来たいきさつは知らないが、この近辺で唯一のキリスト教会の香登（かがと）教会に通っていたようだ。同じくこの教会に通っていた原田さんとも接触があったのだろう。それでこの世話好きの女性が二人を紹介し、わりあいすんなりと結婚に至ったのではないか。

というわけで、私の父は結婚当初からあまり健康ではなかった。最初の盲腸の手当てが間違っていたらしく、変にこじらせてしまったので大学病院で手術しても完全治癒にはならなかったようだ。

そのため普段は片上に住んでいたけれど、もっと静養する必要がある時は玉柏の実家に戻って母親の看護を受けていたらしい。

母は私を出産した後、脚気(かっけ)を患い、仕事にも支障が出るほどだったという。それで私が生まれた直後は、母の一番下の妹・忍が女学校を卒業したばかりで家でぶらぶらしていたので、うちに来てもらって私のお守をさせた。私の一番古い記憶はこの若い叔母にあるし、この叔母が誰よりも好きなのは当然といえよう。

かなり大きくなってから気がついたことだが、私はこの叔母とは性格もよく似ていたようで、母よりもよく気が合った。

母とすればもっとずっと妹にお守をさせたかったのだが、実家の母親が「嫁入りの用意をさせねばならぬ」と言って彼女を無理やり連れて帰ってしまった。それで私は父の実家へ預けられることになったらしい。

そういうわけで、玉柏での暮らしは止むを得ず始まったのであるが、結果としては私にとって、とても楽しい思い出となった。

6．父方の祖母の家

父の生家がある玉柏（たまがし）という地は、片上よりももっと田舎で、家の前には低い山があって細い川が流れていた。

岡山駅から出ている津山線の汽車に乗って二つ目の原駅で降りると、小川沿いに細い道が続いている。そこを二十分ほど歩くと七、八軒の家が肩寄せ合って並んでいて、父の実家はここにある。道はこの先も続いているが、あとは山なので私はそっちへは行ったことがない。

この家の裏の庭からすぐ見えるところに小学校があった。もちろん幼児の私には用のない場所だが、一度ここで火事があって、真っ赤に燃え上がる火が庭からよく見えた。こちらまで来る心配はなかったが、あの火事の恐ろしい記憶はやはり忘れられない。

父はこの家でいつも、ずっと遠くまで見渡せる部屋に布団を敷いて横になっていた。私は毎朝、酒屋さんの大きなお家のあたりまで歩いて行き、そこで部屋から私を見ている父に向かってラジオ体操の真似事をした。そしてまた歩いて帰って父に「上手にやったね」と褒められた。これが私には嬉しかったのだろう、今でもその時歩いた道、手足を振ってやってみせた体操のことをよく覚えている。

山本さんというおじさんがしょっちゅう父を訪ねて来た。いつも必ず何かおいしいお菓子を持ってくるので、私はこのおじさんが大好きだった。今でも少しひげのあるやさしい顔と名前をはっきり覚えているのはそのせいか。

そういえば片上にいる時も、父の元へはよく人が訪れた。あまり丈夫でないので見舞いという名目かもしれないけれど、母の妹で東京の女子美（女子美術大学）を出て、女学校の教師をしていた叔母・公子もよく来ていた。彼女はきょうだい中で一番頭がよいと言われてみんなが一目置いていた人だが、その彼女も父は話をしたい相手だったらしい。


父の父、私の祖父に当たる人は腕の良い瓦師で、お寺などの鬼瓦を焼いていたという話を従姉に聞いた。しかし父がまだ子供の頃に亡くなっていたので、私は祖父のことはよく知らない。長男だった父は小学校の高等科を出るとすぐに働き始めた。しかし勉強好きで頭もよかったらしく、どうやって学んだか知らないが、きれいな字を書き、本もよく読んだようだ。

祖母は米（よね）という名前で、髪を後ろでチョンと結び、夜は箱枕という高い木の枕で寝ていた。口数の少ないおとなしい人で、母方の祖母とは正反対だった。

私はこの祖母の押す乳母車に、酢とか醤油とかの瓶といっしょに乗って出かけたことを憶えている。祖母はこれを売りに行っていたのだろうか、そしてこれはこの家のわずかな収入だったのだろうか、私は知らない。

当時は何でも手作りするのが普通であったが、この祖母もそれが得意だった。たとえば道端によもぎが生える頃には私もいっしょに摘みに行き、よもぎ餅を作ってくれた。これがめっぽうおいしくて、私も、時々ここへやってくる従姉も大好きだった。

　また祖母はお祭りとか何かある時には上手にお寿司を作った。大人が一抱えするほどの大きな丸い「はんぼう」（寿司桶）に寿司飯をぎっしり敷いて、その上に小さく刻んで味付けした色とりどりの野菜と、甘く煮た干瓢（かんぴょう）と高野豆腐を、すし飯が見えないくらい敷き詰める。その上に岡山特産の甘酢に浸した鰆（さわら）を並べて、錦糸卵をふりかけ、最後に赤い紅しょうがを散らす。こうして見た目も味も最高の岡山のちらし寿司ができあがる。

　このお寿司がとてもおいしくて、母は「おばあさんが元気なうちにお寿司の作り方を教えてもらっておかねば」と言いながら、結局その機会を逃してしまい、とても残念がっていた。のちに東京で「ちらし寿司」というのを見たり食べたりしたが、まるで別物。味も全然おいしくなくて、やはり玉柏の米おばあさんのお寿司が本物のちらし寿司だと今でも思う。


　父が少し元気な時には岡山の街に行くことがあった。人力車に乗ったり市電に乗ったり、いろいろ面白かった。が、なかでも「天満屋」という百貨店の屋上で木馬に乗せてもらうのが何よりの楽しみだった。

　一銭だか十銭だか銅貨を一枚、馬の首あたりの穴に落とすと、馬はゴトンゴトンと動き出す。しばらくすると止まるので、私は「もう一回もう一回」とせがんで、何度か馬の背中で揺られていい気持ちになった。

他にも父は器用に手作りした竹の網籠を家の前の小川に沈めて、鰻を捕まえることがあった。彼は捕まえた鰻をまな板に載せて、鰻の頭にぎゅっと錐を刺し、それから腹を裂いて骨を除いた。もちろんこれは祖母によっておいしく焼かれて私も食べたのだろうけれど、私は父が鰻を捕まえて料理をしたことだけを鮮明に憶えている。

これがこの祖母の家での暮らしで、私は幼稚園に入る前までここにいたのではないか。幼稚園とか学校はやっぱり片上で通わなくては、というので連れ戻されたらしい。

なぜだか分からないが、私の幼い頃の記憶はこの玉柏での出来事が一番鮮明で、片上での思い出はほとんどない。なぜなのか、いまだに分からない。


玉柏でもう一つ忘れられないのは七歳年上の従姉・かし子である。

彼女は父の妹・政子の娘で、子供の目にも目鼻立ちの整った美しい人だった。体格もよくて学校で健康優良児に選ばれたそうで、これは一家の自慢らしく、私はそれを何遍も聞かされた。

彼女はいつも玉柏にいるわけではないけれど、来た時はいつも私にいろいろな歌を歌ったり珍しい話をしたりしてくれて、楽しい時をいっしょに過ごした。

父がまだ独身の頃、かし子さんはすでに誕生していたので、父はとても可愛がったらしく、私が生まれてからはそのお返しのように叔母からもかし子さんからもずいぶん可愛がられた。

戦争前には彼女の一家は岡山市内で米屋をしていたが、戦争中に空襲で焼け出され、とりあえず玉柏に疎開した。その頃父はもう片上に住んでいたので、この家には彼女ら一家だけが住んでいた。米おばあさんはここと片上とを往き来して、両方の家の手伝いをしてありがたがられていた。

7. 町の思い出

幼稚園以来、ずっと私が住んでいた片上は昔の山陽道の街道沿いにあって、多分他の田舎町と同様、今風にいえばそれ自体で自立する仕組みになっていた。生活に必要な品を売る店は小さいながら一応揃っていて、とりあえず何でも買いそろえることができた。

うちの近所にも八百屋・肉屋・お菓子屋・眼鏡屋・床屋・唐津屋（陶器類を販売する店のこと）・本屋・小間物屋・味噌屋・薬屋などが並んでいた。旅館も二軒あり、バス乗り場も銭湯もあった。山際にはお寺もあった。

同級生には炭屋の息子・帽子屋の息子・染物屋の娘・パン屋の娘がいた。彼らの家は道路沿いではなく、少し離れたところに店を構えていた。でも歩いて遊びに行くことはできた。

そのほか大切なのはお医者さんであるが、この町には医院が三つあった。二つは普通の内科医院、一つは産婦人科だった。歯医者さんも一軒あった。町の人は好きでも嫌いでもこのどれかのお医者さんに診てもらうしかなかった。

うちは母が産婆だったので産婦人科医とは親しかったし、内科の中村医院はうちのすぐそば、というより、私たちはこの医院の借家に住んでいたので、ここがかかりつけ医であった。この医院に勤務している先生は院長の娘さんのお婿さんで、一家で開業しているのだった。


そういうお店などより、町にとって重要だったのは片上鉄道であろう。

岡山県の中央あたりに柵原(やなはら)という鉱山があり、この鉄道はそこで採れる硫化鉄鉱を片上港まで運んでいた。だからこの鉄道は貨物車が主で、ついでに町民の便宜のために一両だけ客車を繋いでいた。途中に和気(わけ)という駅があり、ここで山陽本線に乗り換えることができた。

当時の山陽本線は、蒸気機関車が煙を吐きながらシュッポシュッポと数両の客車を引っ張って走っていた。窓を開けると黒い煤煙(ばいえん)が入ってくる。特にトンネルの中はひどかったので、乗客はトンネルでは窓を閉めた。

玉柏に行く時は、まず片上線で和気に行き、そこで山陽線に乗り換えて岡山に行き、それから津山線に乗り換えるのだった。

片上の町の中心には八幡様のお宮があった。長い階段の上にお社(やしろ)があった。海辺で漁師も多かったので、大漁のご利益がある恵比寿神社もあった。ここも長い階段で上にお社があった。

戦争中はお祭りなど何もなかったが、戦後は両方の神社でお祭りが復活して、八幡様の時は

「だんじり」と「チョイヤサ」（おみこし）が町を練り歩いた。恵比寿さんの時は会陽（えいよう）（裸祭）があった。

お寺もいくつかあったと思うが、私がたまに遊びに行ったのは、赤ら顔でこちらを睨みつけている仁王様のあるお寺の門だった。

何をするということもないけれど、町より少し高くて広い場所で遊ぶのは、いつもと違う楽しさもあった。男の子たちはここで戦争ごっこをして遊んでいたようだった。

そういう呑気な子供たちとは違って、戦時中の大人はいろいろ忙しかったと思う。

一番は物が無くて困ったことだ。お米は確か「米穀通帳」という冊子を持って行かないと買えなかった。他の物も配給で、ほんの少ししか割り当てがない。私の記憶では、この配給で買った石鹸がまるで泥の塊のようで、いくらこすっても泡が出なかった。

また、婦人会の女の人が道の端に立って、通る女性に「千人針」をお願いしていた。手ぬぐいのような白い布に、一人が一つ赤い糸でこぶ玉を結び、いっぱいになったら戦地にいる兵隊さんへの慰問袋に入れるというものだ。私も子供だけど女なのでやったことがある。この一針一針に一人一人の女性の気持ちがこもっているということで、戦地の兵隊さんはきっと勇気づけられたのだろう。

子供ながらにばかばかしいと思ったのは、あの悪名高い竹槍とバケツリレーである。

隣組でこれをやる時は、一家に一人は出なくてはならない。母は仕事が忙しくなかなか出られないし、父は家に居たけれど身体が弱くて労働はできない。結局うちは隣組から「いつも出ない家」として白い目で見られていたのではないかと思う。

そのほか私がよく覚えているのは、何か警報が出るたびに隣組の世話役の人が見て回って、「旗が出ていない」と叱られたこと。「警戒警報」の時は白い旗だったかな、「空襲警報」の時は赤い旗だったかな、とにかく警報ごとに違う色の小さい三角旗を表の砂壺に立てなくてはならない。子供心に「旗を立てて何の効果があるのだろう」と不思議に思った。

戦争中とはいえ、こういう田舎町では平時はそれほど緊張した空気はなくて、時々物売りが来て道路脇に商品を並べていた。

一番面白かったのは膏薬（こうやく）売りで、短刀ほどもある小刀で自分の腕を切り、血が流れるのを見物人に見せてから、売り物の膏薬を塗りつけ、血を止める。どれくらいの人が買ったか知らないけれど、私はどきどきしながら見ていた。

なかでも私の好きなのは金物の修理をするおじさんだった。近所の人はこの人が来るのを待っていて、穴の開いたなべ・かま・やかんなどを持ってきて修理してもらうのだった。

おじさんは道端にござを敷いてあぐらを組んで座り、なべなどの穴に小さな金属片を熱したコテで焼き付ける。手はしっかり作業しながらも口はヒマなので、子供相手でもいろいろしゃべってくれる。おじさんの話も穴をふさぐ作業もどちらも面白くて、私はいつまでも見ていたものだ。

もう一つ私が待ち焦がれていたのは、あっという間に「パンパン菓子」（いわゆる「ポン菓子」）というお菓子を作る道具を載せたリヤカーで、あちこちの町をまわりながら時々うちのあたりにも来た。

大きな鉄窯に少量の米と砂糖を入れてスイッチを入れると、ブーンと大きな音を出しながら窯が何回もまわって、「パン！」という大きな音とともに、あっという間に、入れた米の何十倍にも膨らんだパンパン菓子ができる。

これがとにかく甘くておいしい。そういうもののまったくない時代だったので、この窯を載せたリヤカーが来るのはほんとに待ち遠しかった。

もちろん日常の食品を売る人も来る。「お倉さん」というおばさん（おばあさん？）がリヤカーに野菜をいろいろ載せて売りに来た。たまに母もお倉さんから買うのだけれど、お金をもらうくせにお倉さんはひどく威張っていて、「売ってやる」みたいなことを言う。私はなんだか変だと思っていたが、大人たちはそういうやりとりを面白がっていたのかもしれない。

もう一人、私の記憶にはっきり残っている女性がいる。「琴さん」という名前のこの人は今でいうホームレスで、町はずれの山のどこかに自分の小屋があるらしい。いつも汚れて破れてよれよれの、洋服か着物か分からない物を着て町を歩いていた。

琴さんは誰にも声をかけず誰からも声をかけられないのだが、なぜか私は彼女の声を聞いた記憶がある。女性らしいきれいな声だった。何のために町を歩いているか分からないが、もしかしたら残り物などあげる人があったのかもしれない。


うんと幼い、やっとお使いに行けるようになった頃、毎朝私は一銭だか二銭だか握って「ろーまん」という蒸しパンを買いに行った。

道路を渡って、井戸がある角を曲がって、最初の分かれ道を右に曲がって、それからまっすぐ行くとパン屋さんがある。私はできたての「ろーまん」を包んでもらって大事に持って帰り、ホカホカの蒸しパンをすぐに食べた。

ついでにその途中にあった布袋(ほてい)様のことも書いておきたい。

井戸がある角に小さなお菓子屋さんがあって、その門口に私の背丈よりも大きくて、てかてか光る茶色い陶器の布袋様がどっかり座っていた。なぜか私は、おへそを丸出しにしたその大きなお腹をなでるのが好きだった。ろーまんを買う時には寄らなかったけれど、ほかの暇な時（どうせいつも暇なんだけれど）そのお店の前で布袋様のお腹をなでて幸せな気分になった。

また、我が家の隣の隣には眼鏡屋があった。眼鏡屋さんはなんだかいつもきらきらしてまぶしいような感じだった。ここに私より一つ歳上の女の子がいて、私の遊び友達だった。が、実は彼女には同い年の友達がバス停そばの文房具屋にいて、そっちの方と仲良しだった。それで三人集まるといつも私は何かしら意地悪されて泣かされていた。

いつだったか母が私の顔を見て「また泣かされたの？」と言った時、私はそれを認めたくなくて「ううん、ううん」と否定した。しかし母はにやにやしながら「目の周りが真っ黒よ、泣いたんでしょ」と言った。きっと私は泣かされたことを知られたくなくて必死で涙をぬぐったのだろう、汚れた手でこすった涙の跡が真実を語っていたということだ。

8．学校

私が幼稚園に入った頃にはもう太平洋戦争が始まっていて、男の子は棒切れでチャンバラをしたり、長い棒をまたいで「ハイシドウドウ」と言いながら馬に乗っているつもりになったりしていた。

女の子は戦争中といっても戦争ごっこをするわけではなく、わずかばかりの色紙やお手玉を大事にして、家の中で折り紙やおはじきや糸どり（あやとり）をして遊んでいた。

そして外では毬つきをして遊んだ。今のテニスボールより少し大きいくらいのゴムボールを、片手で何回続けてついたか数えるのである。その時歌う数え歌はいくつかあったけれど、不確かながら今でも覚えているのは次の二つだけ。

いちもんめのい助さん　いの字が嫌いで　一万一千一百億
いといといと屋へお札を納めに参ります　通りゃんせ

にもんめのに助さん　にの字が嫌いで　二万二千二百億
にとにとにと屋へお札を納めに参ります　通りゃんせ

これでさんもんめ、よんもんめ、と続き、最後はどうだったか覚えていない。多分、そこまで毬つきが続かなかったのだろう。

次は日露戦争の歌だけれど、当時はそんなことは知らなかった。最初の始まりの文句も定かではないが、ちゃんと「いち、に、さ（ん）……」と数え歌になっている。

いちれつらんぱん破裂して　日露戦争始まった
さっさと逃げるはロシアの兵　死んでも尽くすは日本の兵
五万の兵を引き連れて　六人残して皆殺し
七月八日の戦いに　ハルピンまでも攻め寄せて

クロパトキンの首を取り　東郷大将バーンバーンザイ

ずっと後になって日露戦争のことを知った時、「あ、私、ハルピンもクロポトキンも知ってる！」と感動した。クロポトキンではなく、クロパトキンと一字違っていたことも分かったが、始まりの「いちれつらんぱん」は何のことだか分からない。「一列談判」か？

数え年八歳の時、国民学校に入学した。「国民学校一年生！」という歌があったが、どんな歌だったかすっかり忘れた。

他にも「今日も学校に行けるのは　兵隊さんのお蔭です　お国のために　お国のために戦った　兵隊さんのお蔭です」という歌もあった。しかし卒業する時は「国民学校」ではなく「小学校」になっていた。

学校では運動場で朝礼というものがあった。多分毎月だったと思うが、校庭に全校生が整列して立つ。校長先生はモーニングのような黒い上下を着て白い手袋をはめてゆっくりと校庭の端にある「奉安殿」に進む。奉安殿は小型の神社で小さな扉がついている。校長先生は何度も最敬礼しながら、いつもは締まっているその扉を開けて、房のついた紫色の紐が結んであるきれいな箱を取り出し、恭しく捧げ持ってみんなが待っている校庭に戻る。

壇に上ると校長先生は最敬礼をしてから、房をほどいて箱を開け、中から巻物を取り出す。

それからそれを開いて重々しい声で「朕思うに」と読み始める。「教育勅語」の始まりである。それが何分続いたか分からないが、生徒は直立不動の姿勢のままひたすら「御名御璽」という言葉を待つ。そこでようやく校長先生が巻物を巻き戻し、箱に収め、捧げ持って奉安殿に納めるのであるが、それが全部終わるまで生徒も先生も校庭に立ったまま、じっと待つ。

このセレモニーが確か月に一度繰り返された。学校行事の中では大切なことなのだろうけれど、生徒には苦痛以外の何物でもなかった。ひたすら「御名御璽」を待つだけだった。

大人たちも何かがやっと終わった時「御名御璽だね」と言っていたのを覚えている。「御名御璽」の意味など誰も知らず、ただあの長い、ありがたい巻物の終わりの印としてしか記憶に残っていない。

一年生の時はかろうじてぶ厚い表紙のついた教科書があったと思うが、いつの間にかそういうちゃんとした形の教科書はなくなり、戦争末期から戦後しばらくは新聞紙大の紙何枚かに印刷されたものが配られた。学校でそれをもらって家に帰り、本の大きさに折りたたんで切って綴じて、厚紙で表紙をつけて、とりあえず本の体裁にした。文字は小さく、印刷は汚く、とても教科書とは思えなかった。この教科書で何を勉強したのか、何も覚えていない。

私の町は田舎だったので空襲はされなかったが、空襲警報のサイレンが鳴るたびに防空壕に逃げ込んだ。その時はもちろん、学校の往き来にも母の手製のぶ厚い防空頭巾をかぶらなければばならなかった。私は嫌でたまらなかったが、もちろんそんなことは言えなかった。

学校の校舎は木造の平屋で、古かったけれどわりあいきれいだったと記憶している。特に中央廊下と呼ばれていた広い廊下には細めの板が敷き詰めてあって、いつもピカピカに磨いてあった。

この廊下にはガラス扉の戸棚がずらっと並んでいて、中にはガラスの瓶に入った何か標本みたいなものが展示してあった。普通の教室とはまったく違う、静かで学究的な雰囲気があった。この廊下のどこかを曲がると教員室とか校長室があって、生徒には近寄りがたい場所だった。でもなぜか私はこの廊下が好きで、先生の目を盗んでは時々ちらと覗いたりこっそり歩いたりしたものだった。最近は見なくなったけれど、一時夢によく見た廊下でもある。だからいま書いているのも夢で見たもので、本当の廊下とはちょっと違うかもしれない。

夢といえば私はこの学校の下駄箱のあたりもよく夢に見た。教室に入る時ここで上履きに履き替えるのであるが、特にきれいでもなんでもないのに、なぜか学校の夢にはいつもこの場所が出てくる。

もしかするとあの下駄箱付近のざわざわして落ち着かない空気が、当時の落ち着かないざわついた気分とどこかで結びついているのかもしれない。

9．琴のお稽古

私はうんと幼いころからお琴を習わされていて、琴爪を入れた袋を持ってお師匠さんのところに通っていた。

当時のお稽古は、お師匠さんと弟子とが向かい合わせに座り、お琴も二面をそれぞれの前に向かい合わせに並べる。お師匠さんは弟子のレベルに合わせて適当な曲を選び、少しずつ弾いて聞かせて、弟子は聞いた通りを自分の琴で弾く。ある程度まで行ったら最初から続けて弾く。これは完全に暗記で、楽譜も何もない。

最初のお師匠さんは高齢の女性で、私はあまり好きではなかった。私はいろいろ理由を付けてこのお師匠さんのところへは行かなくなった。どうしても私に琴を続けさせたい母は、次のお師匠さんを見つけてきた。この方は目が不自由で、お母様がいつもそばについて何くれとなく手助けをされていた。私にはその煩わしさが鬱陶しくて、またしてもやめてしまった。

しばらくして、やっと母は暗記させる琴の稽古が私には気に入らないらしいことに気づいて、楽譜を使う先生を見つけてきた。そのころもう私は中学生になっていたかもしれない。

この先生のお宅は中学校の校門の前にあって、通うのには便利だった。それにこの先生が使うのは、西洋音楽と同じ五線譜だったので、私はすぐに気に入った。この方は年齢も若くお師匠さんというよりやっぱり先生という感じだった。ここで私はようやく本格的にお琴の練習をすることができた。

残念なことに二、三年もしないうちにこの先生に赤ちゃんが生まれることになって、しばらくお稽古はお休みになった。先生がお稽古を再開されたのと、私が高校生になったのとほとんど同じころだったかもしれない。お琴は続けたかったけれど、もはやお琴に時間を割くことができなくて、以後お稽古はやめてしまった。残念だったと今でも思う。

話を小学校時代に戻そう。お琴を通じて音楽に接していたからかどうか分からないが、学校では教室にあるオルガンが大好きだった。とても古いオルガンで、興味を示す子は他にはいなかったので、私は暇さえあれば教室にあったオルガンのペダルをギーコギーコと足で踏んで、ところどころ白いところの剥がれたキイを押さえて音を出していた。

どの先生かが教えてくださったのだろう、いつの間にか楽譜が読めるようになった。何の曲を弾いていたか覚えてはいないけれど、オルガンを踏んでいる時が私には一番楽しい時間だったに違いない。

10．本が読みたい！

戦争中日本には本というものがなかった。学校にも図書館などなかった。書物というものはどこかに隠してあったのかもしれないが、子供が気軽に読めるような本は皆無であった。そのため小学生のころの私は文字に飢えていた。薄っぺらな教科書以外の「本」が読みたかった。

祖母の後をついて歩くほかに私がこの祖父母の家でよくやったもう一つの楽しみは、「離れ」の二階に上がって、そこに転がっている雑誌などを手当たり次第に開いて、印刷されている文字を夢中で目で追うことだった。

そこにあったのは農家用の雑誌『家の光』と、誰が読んでいたか分からない、しわくちゃになった講談本などだ。

もちろん『家の光』など私にはまるっきり分からないし面白くもない。たまにある挿絵をぺらぺら眺めるだけだった。しかし講談本は面白かった。漢字もいっぱいあったけれど多分振り仮名がついていたのだろう、私にもちゃんと読めた。おかげで「猿飛佐助（さるとびさすけ）」とか「霧隠才蔵（きりがくれさいぞう）」とかが活躍する物語に夢中になった。のちになってかなり難しい漢字でも苦もなく読めたのは、この振り仮名付き講談本のおかげだと思う。

まだまだ「本」を読み足りない私は、同じように本好きな友達・菊ちゃんが隣に住んでいたのを幸い、何かの機会に見つけた「本」や「雑誌」を手あたり次第に交換して読み漁った。都合がいいことにこの二軒の家の奥の庭は、薄っぺらな板戸で仕切ってあるだけだったので、私たちはその板戸の隙間から手に入った「読み物」をやり取りした。

どういうものを交換して読んだかほとんど憶えていないが、子供用の本などない時代、ほとんどが大人向けの本だったかもしれない。

中にはいわゆる「成人雑誌」みたいなものがあった。まったく意味が分からなかったが、文字が印刷してあるという理由だけで手に取っていたわけだ。菊ちゃんも何も知らなくて「なんか大人の話みたい」と言って、結局二人とも興味を持たなかった。

しかし今でも私がこのことを憶えているのは、当時分からないながら、何か不可思議な大人の世界を垣間見たことが頭の隅に残っていたのであろう。

二　戦争が終わった！

1．昭和二十年八月十五日

昭和二十年八月十五日のことは、ずいぶん昔だけれどはっきり覚えている。

私が国民学校三年生の夏休み中である。お昼ごろ何かラジオで重大な放送があるということで、家でもみんなラジオの前に座って耳を澄ました。

けれど聞こえてくるのは、くぐもった声で何か言っている男の人の声だけで、何が重大なのか少しも分からなかった。

天皇陛下の放送ということだったが、本当に陛下のお声なのか、何を言われたのか、家では誰も分からなかったのではないか。

しかし夜になって、電燈がぱっとついたまま、部屋中が明るくなってびっくりした。それまでは毎晩、夕食の時でも電燈のまわりに黒い布を巻いて、灯りがちゃぶ台の上にだけ当たるようにしていたので、この日の夜からあの陰気な黒い布がぶら下がらなくなったのが何よりうれしかった。

私が「戦争が終わった」ことをはっきり認識したのはこの二つだけで、他には何もない。あんなに誰もが熱くなって「欲しがりません、勝つまでは」とか「撃ちてし止まむ」とか「鬼畜米英」とか叫んでいたのが、たった一日で誰も何も言わなくなった。

まもなくどこからともなく「戦争が終わったらしい」「日本は負けたらしい」ことが伝わってきた。私はこれでもうB29は爆撃に来ないのかな、防空壕には入らなくてもいいのかな、みたいなことをちらっと思っただけだった。大人たちがどれほど右往左往していたか、多分見ていたはずだけれど、何も覚えていない。

家でも特に親たちが何か話したことはないと思うし、九月になって学校に行っても先生から特に「戦争が終わった」ことについて聞いた記憶はない。戦争が終わっても、この田舎町では前と同じようなよどんだ空気が流れているだけだった。戦争に「負けた」とは長い間誰もはっきりとは言わなかった。いつのまにかみんな分かっていたのだろう。

この終戦を境に日本は国の向かう方向を一八〇度転換した。強力な国粋主義からアメリカ的民主主義へ……。私はその中で小学生・中学生・高校生・大学生と、若い時代のほとんどを過ごした。小学生の時に直面した学校や町での急激な変化が何を意味するのか考える余裕もないうちに、アメリカ的なものが怒涛のように押し寄せて、日本人すべてを飲み込んでいった。

今では世界中が知っている八月六日と九日の原子爆弾のことも、私は何年もの間知らなかった。

広島はすぐ隣の県だけれど、直接の知り合いがいないので、広島の悲惨な状況は私たちには伝わらなかった。

新聞とかラジオはこのことをちゃんと報道していたのだろうか。もしあの惨状がきちんと報道されていたら、どれほど鈍い大人でも、それを互いに話さずにはいられなかっただろう。そうすれば私のような子供でも、その恐ろしい出来事を知らずにいることはできなかっただろう。

もしかしたら日本の政府は「日本が戦争に負けた」とか、「広島・長崎に前代未聞の恐ろしい爆弾が落とされた」とかのニュースは、国民の不安を煽るとか、政府への不信を募らせるという理由で、なるべく報道しない・させない方針だったのではないか。

そのため、よほど政治に関心のある人以外、大人たちの間でも広島や長崎の原爆について知る人は少なく、大きな話題にならなかったのではないか。

私自身は子供だったので直接知っているわけではないが、今でも時々話題になるのは、終戦直後から英会話の本『日米會話手帳』が飛ぶように売れたということだ。戦争が終わったとたんに「鬼畜米英」から英会話へ……。この日本人の変わり身の早さには驚くばかり。戦争中は野球も日本語でしなければならなかったほど英語は厳禁だったのに、これからは英語ができないとだめだと日本中が悟ったのか……。

昭和二十二年（一九四七年）には新しい憲法が施行された。戦前のいわゆる「明治憲法」は破棄されて、アメリカ占領軍主導のもとで新憲法が発布された。

この新憲法にはこれまでの日本にはなかった「基本的人権」とか「恒久平和」とか「主権在民」とかの文言がはっきり書かれていて、やはり戦前とは違う世の中になったことを実感させられた。もちろんこれらの言葉の意味はまったく分からなかったけれど、アメリカ的な考えが基本にあることは分かった。

そのほか私がはっきり記憶しているのは、「ララ物資」という言葉。これはアメリカから送られ、一般の人に配られたいろいろな食料や品物のことだ。

私が中学生になった頃に学校で給食が始まったが、その時コッペパンといっしょに出たのが脱脂粉乳を溶いたミルクで、どちらもおいしくはなかったが、ここで出された脱脂粉乳もララ物資の一部だったに違いない。

ついこの間まで戦っていた相手国の人々に、たとえ古着であれ残り物であれ、必要なものをタダで送ってくれるとは、アメリカとはいったいどういう国だろう。これがもし日本だったら、勝った相手からはできるだけ多くの物を奪い取って、意気揚々と凱旋していたに違いない。

軍部や憲兵隊の締め付けも検閲もなくなったので、新聞・雑誌のような印刷物もレコードなどの音楽も、自由気ままに何でも出せるようになった。

そのころ流行した歌には「リンゴの唄」とか「東京ブギウギ」などがあり、今でもたまに懐メロで歌われることがある。そのほかにもＮＨＫのラジオドラマ「鐘の鳴る丘」の主題歌とか、人気女優の高峰秀子が歌った「銀座カンカン娘」など、明るく希望に満ちた歌が多かった。多分当時の日本人の明るい未来を見ている姿だったのだろう。

2．町が変わった

私にとっても八月十五日以降、片上の町で何か特に変わったという記憶はない。大人たちはいろいろな意味で束縛が解かれてほっとしていたかもしれないが、そういう自分の気持ちを正直に話すことはなかったのかもしれない。みんな何食わぬ顔をして、昨日の続きの今日をやっていたような気がする。

前から私は時々肉屋にお使いに行っていた。それまで牛肉は一〇〇匁（もんめ）とか五十匁とかと言って買っていた。それがある日突然、一〇〇匁が三七五グラムになった。肉屋のおばさんは「今度からグラムで売ることになった」と言って困った顔をしていた。今まで誰も「グラム」なんて聞いたことも使ったこともなかったので、三七五グラムが一〇〇匁だと言われてもピンとこなかった。

それがあっという間に牛肉を売る単位がグラムになり、一〇〇匁を買おうとする人は四〇〇グラム買うことになった。お店屋さんとしては三七五グラムなんて中途半端な数字で計算するのが面倒だったのだろう。そのため結局はこれまでより少し余分の肉を買うことになり、余分のお金を払うことになった。

両親が結婚するきっかけになったあの香登教会には、イギリスから女性の宣教師が来て礼拝に来る人がいっそう増えた。この方を先生に英語でバイブル・クラスが開かれた。遠いので私は出たことはないが、たまに香登まで礼拝に行った時、この先生を遠くから見たことはある。多分人気のあるバイブル・クラスだったと思う。

ところで、いま「備前焼」と呼ばれている焼き物は片上の隣の伊部（いんべ）で作られていて、ずっと「伊部焼」と呼ばれていた。

私の記憶では、当時の伊部焼のお店は、道路に面して今にも崩れそうな棚にいくつかの壺などが埃だらけで並んでいるだけだった。多分宣教師の先生がいらしたのと同じ頃、やはり外国から焼き物の専門家が来て、伊部の窯で壺などを焼き、それを自分の国で紹介したのだろう、それ以後伊部焼はにわかに有名になり、いつの間にか名前が備前焼に変わっていた。

両親が洗礼を受けたクリスチャンだったので、戦争中でも我が家では家族だけでひっそりと「家庭礼拝」をやっていたが、戦争が終わってからすっかり様変わりした。狭い我が家には溢れるほど若い人が押しかけて、大賑わいの集会になった。

クリスマスも大きなお祝いの日になり、新しく通ってくる若い人たちが手伝って、子供たちにはプレゼントの袋まで配られた。ある近所のお兄さんは自宅で子供相手の「聖書のお話」の会を開くほどだったし、我が家に集まっていた人の中からのちに牧師になった男性、女性も何人かあった。


世の中が変わってキリスト教大歓迎の雰囲気になったにもかかわらず、終戦の翌年の七月、長く患っていた父はついに他界した。

キリスト教では「召天した」という。「神様が天にお召しになった」という意味である。

なぜ神様はこんなにも早く私の前から父を取り上げられたのか、神様を恨むわけではないけれど、やはり私は淋しかった。しかし、当時は父親や親族が戦死した人も大勢いたので、家族の死は黙って受け入れるしかなかった。

父の病状は相当悪化していて、かかりつけ医の中村先生には「大学病院に行くしか手がない」と言われたらしい。

なんとか岡山まで連れていきたいと思った母はハイヤー（当時はタクシーはなかった）を頼みに行ったのだが、「ガソリンを持ってくれれば行ってやる」と言われたとか。ガソリンなどどこにあるのか、ない時はどうすればいいのか、母が知る由もなく、手の打ちようがなかった。

母は後々までこのことを嘆いていた。

結局父はこの世の最後を家で迎えた。「腹膜炎」という、今なら多分どこの病院でも手術できるような症状が命取りになって、家族親戚数名が見守る中で息を引き取った。最後まで意識ははっきりしていて、私には「立派な人になれよ」と言い残して死んだ。

私は父の期待したような「立派な人」にはなれなかったけれど、父を辱めるようなことはしなかった。それで彼は許してくれるだろうか。

3．学校が変わった

終戦の年の九月、二学期が始まって学校に行ったら、驚くことがいっぱいあった。

一番驚いたのは奉安殿のぶっ壊しだ。校長先生がうやうやしく白手袋をはめて捧げ持っていたあの箱が納められている奉安殿が、ある日、大きなハンマーでぶち壊されていたのだ。ゲートルを巻いた男たちが地下足袋を履いた足で奉安殿の周囲の玉砂利を踏んでいる。私はそれを見て「あの人たちは先生に叱られないのかしら」と不思議に思った。

八月十五日よりずっと前、私は一度、ここの玉砂利をおもちゃにして遊んだことがある。なんといってもここの石は丸くすべすべして手に持っても気持ちがいい。多分その時は私一人だったと思うが、玉砂利で遊んでいる私を見つけた一人の先生は「それをおもちゃにしてはいけない、ここで遊んではいけない」ときつく叱った。

だから二学期になって地下足袋の男たちがあのきれいな玉砂利を踏みつけているのを見た時、私はすぐにそのことを思い出した。

その時は奉安殿が壊されることの意味は分からなかった。誰も説明しないし、先生方も何も言わない。私がひとりで不思議に思っていただけだ。けれどもその不審な気持ちは、その後かなり時間が経って奉安殿の意味を理解するまで、何十年も私の心の奥底に潜んでいた。


授業の内容も変わった。一番大きな変化は仮名遣いだった。それまではたとえば「てふてふ」と書いていたのを「ちょうちょう」と書くとか、「いきませう、さうしませう」と書いていたのを「いきましょう、そうしましょう」と書くとか、なんでも話す言葉通りに書くことになった。

おかしかったのはむしろ迷っている先生の方だった。「私は」などという時の「は」は「わ」と書かないで「は」のままなのに、どっちが正しいか迷っている先生もいた。黒板に向かって何度も書いたり消したりしていたし、間違っても気がつかなかったりした。旧仮名遣いをまだしっかり覚えていない生徒の方が新仮名遣いをよく理解していたかもしれない。

漢字も簡単になったようだが、どっちみちまだそんなに難しい漢字は習っていなかったので、私たちは文字の変化というより、こういうものか、という感じで覚えていった。

しかし周囲にある本は全部旧漢字・旧仮名遣いで書いてあって、それを読むのが普通だったので、そういう漢字とか仮名遣いは、書けなくても読むことはできた。今でもそういう古い書き物を読むのがそれほど苦痛でないのは、やはり幼い時にこういう昔の文字に曝されていたからか。

滑稽としか言いようがなかったのはお裁縫の先生だ。超真面目な女の先生で、着物の寸法を全部センチとミリに置き換えて「襟の幅は〇〇センチ〇〇ミリで……」などと、汗だくで説明していた。

着物の寸法まで、以前の「寸・分」を基にした尺貫法から、「センチ・ミリ」を基にしたメートル法に替わったのだ。私は母や祖母と話す時は「尺・寸・分」を使い、学校では「センチ・ミリ」を使い、子供なりに結構上手に使い分けていた。

小学校五年生の頃だったたか、音楽好きの浜田先生が子供オーケストラを作った。先生が声をかけても、生徒は何をするやら分からなかったが、どうせみんな暇を持て余しているので面白半分にかなりの人数が集まった。

先生は学校にあるだけの楽器を集めて、元気のよさそうな男の子にはトランペットや太鼓を持たせ、女の子は床に座らせて木琴を叩かせた。そういうのがどれもできそうにない子にはタンバリンを持たせて、ここぞという時に打たせた。

当時オルガンが弾けたのは、多分私一人だったのかもしれない。当然のように私はオルガンの係になった。

この浜田先生という方は学校中で音楽の指導ができる唯一の先生で、子供にもなじみのある曲を選んで、それを手持ちの楽器に合わせて適宜編曲された。楽譜の読めない生徒もちゃんとリズムに合わせて演奏することができた。最初から最後までメロディを奏でるのは私のオルガンと、女子が叩く木琴で、時々トランペットも入ってくる。責任重大だったけれど、私にはとてもやりがいのある楽しい活動だった。

戦後すぐのことで、こんなオーケストラを持っている小学校は近辺にはあまりなかったので、私たちはしょっちゅう「演奏旅行」に行った。もちろん日帰り、手持ち弁当で大変だったけれど、行く先々で拍手喝采を浴びるのでとても楽しかった。

4．中学生になって

入学した時の「国民学校」が卒業する時は「小学校」になったように、中学校も何度か名称が変わった。

それは戦後の早い時期に町村合併が始まり、近くの町や村と合併するたびに町名が変わったからだと思う。そのため中学校も入学した時と卒業した時は違う学校名だった記憶がある。どういう名前だったか、今となっては思い出せないけれど……。

中学生になって一番感動したのは、表紙に「民主主義」と大きく書かれた立派な教科書をもらった時だった。

それまで「民主主義」なんて見たことも聞いたこともなかったけれど、このぶ厚くてきちんと製本された教科書は、その中身のすばらしさを体現しているように思われた。

社会科を担当していた先生はお寺の跡取りのお坊さんでもあったが、この教科書を使ってものすごく熱心に「民主主義」を教えてくれた。黒板いっぱいに「三権分立」を図に描いて、口から唾を飛ばしながら教えてくれた。

私たちは内容こそほとんど理解しなかったけれど、「民主主義」がどんなにすばらしい考え方であるかということだけはよく分かった。だから私たちの世代は「民主主義一期生」だという自信を持っている。

しかしそもそも民主主義であろうと他の何主義であろうと、これまでそういう思想的な考えに接したことがなかった私たちには、何と比べて民主主義がすばらしいのか、さっぱり分からなかった。

とっくに学校とは縁のなくなった大人たちにはなおさら、誰も教えてくれなかった。多分彼らは民主主義がどういうものか、理解していなかったのではなかろうか。

中学生になってもう一つ楽しかったのは音楽の時間。もともと音楽は好きだったが、一年生の時の担任が音楽の女の先生だったのでもっと好きになった。
中学校にはピアノがあって、放課後友達と一緒に先生のピアノを囲んで歌を歌うのが何よりうれしかった。この時みんなでよく歌ったのは「希望のささやき」という曲。歌いやすくてすぐに覚えた。

天つ　み使いの　声もかくやと　静かにささやく　希望の言葉
闇あたりを込め　嵐すさめど　やがて日照りいで　雲も拭われん
ささやく希望の言葉　憂きにも喜びあり　（訳詞　津川主一）

それから大曲で難しかったけれど必死にコーラスの練習をしたのが「流浪の民」という曲。これは大好きな曲の一つで、多分今でも全部歌えると思う。いまネットで調べてみたら、作曲者はあの有名なロベルト・シューマン、日本語訳は石倉小三郎氏。この訳詩が曲に劣らずすばらしく、言葉は難しいけれどなんとなく意味は汲み取れる。

ぶなの森の葉隠れに　宴寿い賑わしや
松明明く照らしつつ　木の葉敷きて倨居する

歌もいいが、やっぱり私はピアノが弾きたかった。当時ピアノは小・中学校合同の講堂に一台あるだけで、弾きたい人は自由に弾いていいのだけれど、私のほかにも弾きたい人が二、三人はいて、いつでも弾けるというわけではなかった。しかし学校以外にピアノなどあるお宅はなかったので、順番を待って薄暗い講堂でポツンポツンと弾くほかなかった。

特にピアノの指導をしてくれる先生はいなかったけれど、いつもの音楽の先生が簡単な手ほどきをしてくれて、とりあえず入門用の教則本「バイエル」で指の練習をし、少しずつ自分なりに進んでいったのだろう。いつのまにか次の教則本「チェルニー30番」にまで進んでいたが、すべて自己流なので、ずいぶんおかしな指使いで間違いだらけだったと思う。

そのほか中学校で特に記憶に残ることはない。どの授業も適当に無難にやり過ごしてそこそこの成績を収めていたので誰からも何の文句も言われなかった。

記憶に残っているのは英語の先生が話してくれたエピソードだ。英語は中学生になって初めて習ったので多分難しかっただろうと思うけれど、授業の記憶はほとんどない。憶えているのは先生の映画の話だけ。

先生の話によると、休みの日に岡山市に映画を見に行ったとか。題名は忘れたが、それは全部英語（多分日本語の字幕はついていたと思う）だったらしい。めったに英語を耳にする機会がないので、その先生は映画館にずっと座りっきりで、何度も同じ映画を見たのだとか。

戦後まだ日が浅いこともあって日本中がアメリカ一辺倒になっていたころ、英語の教師としてはなんとしても生の英語をしっかり耳に残したかったのだろう。英語のテキストとか他のことは全部忘れているけれど、先生のこの話だけは、なぜか今でもはっきり憶えている。

5. 学校の外で

英語のことではもう一つはっきり憶えていることがある。

いつのことだったか忘れたが、多分中学生の頃、岡山市内でたまたま通りかかった映画館の前に人だかりがしていて、私もなにごとかしらと思ってその中にもぐりこんだ。するとその映画館の入口で、アメリカ人らしい女の人が係の人に向かって何か英語（多分）で必死に訴えている。しかしその係の人もまわりの人も、誰も彼女が何を言っているのか分からず、みんな途方に暮れていた。

その時、それを見守る群衆の中から一人の男の人（もちろん日本人）が出てきて、そのアメリカの女性とひとことふたこと言葉を交わした。多分英語をしゃべったのだろう。それから彼が係の人に何か説明したら、係員は納得した様子でその女性を映画館の中に入れた。

それを見ていた大勢の見物人のために係員はこう言って説明した。「このアメリカの人は昨日一度ここへ来たけれど入れなかったので、今日はぜひ入れてもらいたい、と言っているというのです。それで事情が分かったので入れてあげたのです」と。

私たち見物人はそれを聞いて「ほおー」と感心して、それからそれぞれに散っていった。

私はあの、いわゆる通訳をした男性が誰もできないことをやってのけたことにひどく感心して、この出来事はずっと私の頭の隅に残っていた。

のちに私が通訳ガイドの免許を取ることになるのも、もしかしたらこの記憶がどこかにあったからかもしれない。

これも中学生の時のことだったが、ＮＨＫ岡山放送局が放送合唱団の団員を募集しているのを見つけて、無謀にも応募したことがある。

中学生の団員というのは初めてなのであちらも少し迷ったらしいが、応募人数が少なかったからかもしれないが、とにかくメンバーに入れてもらった。

糸賀英憲先生（のちの広島大学名誉教授、岡山県合唱連盟名誉会長）が指揮者で、岡山大学教育学部の音楽専攻の学生が二人、助手に来ていた。

先生はあまりお出でにならなくて、普段はこの二人の学生がかわるがわるピアノを弾いて練習した。中学生の私からすれば、彼らは「音楽専攻の大学生でピアノが上手」というだけで、もう夢中になるような対象でもあった。

そういう秘かな楽しみもあって、私は汽車で片道一時間以上かけて岡山市内の放送局まで通った。とにかく一番年下ということで、少々のことは大目に見てもらっていたのではなかったかと思う。

ここへ通ったことで学校では絶対に歌う機会がなかった名曲のいくつかを歌うことができた。たとえばベートーベンの「第九」とか、ハチャトリアンの「剣の舞」とか。

もちろん私はこの合唱団をずっと続けたかったのだが、やがてカトリックの修道女会が設立した清心女子高等学校に入り、しかもそこの寄宿舎に住むことになってから、外出は一切禁止となり、同じ岡山市内にいながら合唱団に行けなくなってしまったのは、ものすごく残念だった。

6．少女雑誌の楽しみ

印刷物のまったくない戦時中を過ごしたので、戦後、いわゆる「少女雑誌」が発行され、一般の本屋で売られるようになった時は本当にうれしかった。

当時三種類の少女雑誌が出ていたので、友達三人とそれぞれ別の雑誌を買い、交換して読んだ。私は中原淳一が創刊した『ひまわり』、他の二人はそれぞれ『少女の友』と『少女クラブ』を毎月購読することにした。

『ひまわり』は当時の田舎の中学生の目にはまるで夢の世界で、ただうっとりと眺めるだけだった。毎号、ページごとに細い手足と大きな目の少女が素敵なデザインの洋服を着て登場した。時には付録に中原淳一デザインのお洒落な小さな封筒や便箋がついてきた。それらは私の宝物として箱の中にしっかりしまっておいた。

友達が購読していた『少女の友』か『少女クラブ』のどちらかだったと思うが、毎月「世界名曲シリーズ」と銘打って、西洋の有名な歌曲が楽譜付きで挟み込まれていた。これも私のものすごいお気に入りで、音楽にあまり興味のない友達に頼み込んでこの楽譜をもらった。「帰れソレントへ」とか「君よ知るや南の国」とかはそうやって覚えた歌である。

この名曲集の挿絵は高畠華宵（たかばたけかしょう）で、中原淳一とはまた違った優雅な雰囲気で、私はこの人の絵も大好きだった。

ついでながら『少女の友』の見開き二ページに、私の投稿した文章が載ったことがある。何について書いたか忘れたが、やっぱりうれしかった。

小学生の時にも学校新聞に連続小説みたいなものを書いたことがある。多分私は読むことと同じくらい書くことも好きだったのかもしれない。書くことは苦痛ではなく楽しかった。

雑誌のことで付け足すならば、母が愛読していた『婦人之友』という雑誌がある。自由学園を創設した羽仁もと子さんが作った雑誌で、生真面目といってもいいほどまったく遊びのない実用一点張りの雑誌で、今も出版されている（今は少しは遊びの要素が入っているかも？）。そもそも自由学園がそうであったように、この雑誌は物の不自由な時代を背景に洋服や料理の手作りを奨励し、その作り方を懇切丁寧に記事にしていた。多分熱心な読者はその指導に従って、野菜を自分で栽培するところから始まり、何でも手作りし、丁寧に料理をしていたのだろう。ただ、仕事が忙しい母はそれどころではなく、毎月雑誌を購読してページをめくるのがやっとみたいだった。

料理や洋裁にあまり興味のない私には、この雑誌は面白くなくて、文字はぎっしり書いてあるけれどあまり読んだことはなかった。

7．新制高校に入学して

私より二、三年上の年代の人は、戦後の学校制度変更に振り回されたらしい。

それまでは、義務教育は小学校あるいはその上の高等科までで、中学校は入学試験があり、お金もかかり、誰もが行くところではなかった。しかし制度が変わって中学校まで普通教育になり、小学校と同様全員が通うところとなった。

よく聞く話では、「せっかく試験を受けてやっと中学に受かったのに、それが全部パーになった」ということ、つまり、試験を受けなくても全員が中学に入ってくるので、試験にパスした人の努力が無意味になった、ということらしい。

私の年代ではもうそういうことはなくなって全員が中学生になったが、高等学校はやっぱり入学試験があった（アチーブメント・テストという名称だったか？）。しかしこれもかつての高等学校（いわゆるナンバー校）のようなハイレベルではなく、受験生はほとんど受かったのではなかったか。


この新制高校の一つが小・中学校の敷地を少し奥に入ったところにあり、私の家から歩いて十分か十五分で行ける場所だった。当然私も他の友達と同様、簡単な入試を受けてこの高校に入った。

高校には他の町村の中学校からも大勢生徒が来ていて新しい友達もできた。それはそれで少しは楽しかったが、実は楽しくないことの方が多かった。

楽しくない理由の一番は校舎が汚いことだった。

その理由はここが新制高校になる前は窯業科と機械科だけの工業学校だったからだろう。瀬戸内海に面して港のある片上には「品川白煉瓦」という大きな工場があり、山際にはそこの従業員用の社宅が並んでいた。要するにここはそこで働く人のための学校だったようで、校舎をきちんと整えるとか教室をきれいにするとか、そういう雰囲気はまったくなかった。

そのうえ、もともと女子がいなかったので女子用手洗いが校舎内にはなく、校舎の一番端っこに大急ぎで付け足された、にわか造りのものだった。私たちは長い廊下を男子の冷やかしの声に耐えながら歩いて行かなければならなかった。年頃の女の子にとってそれは苦痛以外の何物でもなかった。

　この学校にはもちろんピアノもなくて、せっかく中学まで曲がりなりにも学校のピアノで少しずつ練習していたのが、全くできなくなった。これは私にはものすごくつらいことだった。学校以外、どこにもピアノなどない時代だったから。

　そういうこともあって私は入学後、すぐにこの学校に通うのが嫌になった。授業が面白くないとか友達関係がよくないとかというわけではなく、男子校的な校舎の雰囲気と、ちょっと下品な男子生徒がものすごく嫌で、毎日家に帰っては「学校に行きたくない」と言っていた。

　そういう私を見ていた母が大淵（おおぶち）の実家へ行った時、私が学校に行きたくないと言って困る、とこぼしたらしい。そうしたら祖父が、それならどこかへ転校させればいい、と言い出し、ちょうど知り合いの娘さんが岡山の清心に行っていて、そこは女子だけでとてもいい学校だと言っているので、そっちへ転校させたらどうか、ということになり、急遽転校することになった。

三　「アメリカ」にどっぷり浸かって

1．カトリック系の私立女子高へ転入

転校した女子高は清心女子高等学校といって、それまであった地元の中学校を、戦後すぐに米国からやってきたカトリックの修道女会が買い取って、完全にアメリカ式の女子中学校にしたのが始まりらしい。それから高等学校ができて、私が転校した時には女子大学もできていた。もちろんそういうことは少しも知らないまま、私は二学期が始まる少し前、岡山市にあるその高校に行って簡単な編入試験を受けた。そして多分その日にすぐ編入が決まり、同時に寄宿舎に入ることも決まった。家から片道一時間以上かかるので毎日通うのは大変、と祖父や母が思ったのだろう。

なにせ途中からの編入なので右も左も分からないことだらけ。とりわけ寄宿舎の生活には驚くことが多かった。起床時間・就寝時間・食事の時間・学校へ行く時間・帰ってからのお散歩の時間・お風呂の時間などなど、すべての行動がきっちり時間割のように決められていて、寄宿生は全員その通りの行動をするのであった。

しかも黒いベールとガウンを身に着けたシスターが、常に交代で見張りに立っていて、絶対にズルは許されなかった。

もう一つ私がものすごく困ったのは学校の英語の授業である。それまでの中学校の授業と違って、アメリカ人のシスターが始めから終わりまでずっと英語をしゃべるのだ。もちろん教科書はあるけれど、いったい何を言っているのか、どのページを読んでいるのかさっぱり分からず、私は自分の座席に小さくなって座り、ひたすら当てられないようにしていた。

私には文字通りチンプンカンプンだったが、クラスの友達はみな威勢よく手を挙げて英語で答えている。しかし、何回か授業に出ているうちに、シスターの言っている英語のいくつかは全く同じ言い方であるのに気がついた。しかもそれは同じ条件の時に繰り返される。

それから私はその状況を覚えておいて、寄宿舎に帰ってから友達に「こういう時シスターは何て言ってるの?」とたずねることにした。彼女たちには何てことはないので、気軽に教えてくれた。こうして少しずつ私はシスターの英語の意味を理解していった。

分かってみればとても簡単なことで、授業で使う英語なんてそんな複雑なわけがない。一ヶ月もすると、私にも恐る恐るながら手を挙げて英語で答える勇気が出た。ここまでくるとあとはもう追い風に乗ったみたいで、あっという間に授業中のシスターの英語はほとんど分かるようになり、自分でも恐れずに手を挙げて発言（もちろん英語で）できるようになった。

清心女子高校で特筆すべきことは、やはりアメリカ人のシスターによる英語での授業であろう。おかげで私たち生徒は日常的な英語でのやり取りはわりあい楽にできたと思う。黒板にもシスターが書くのは当然ながら全部英語で、しかもきれいな筆記体。私たちは必死でそれを真似した。

中でも一番若くて美人のシスター・メリー・マッチーナはみんなの人気者で、背が高く、裾まで垂れる黒いガウンをひるがえしてさっさと歩く姿はとても素敵だった。

小さな顔に、大きな茶色い目をぱっと開いて、私たちのたどたどしい英語をしっかり聞いてくれた。英語で答えるのは怖いけれど、恐る恐る手を挙げると、そばまで来てじっと顔を見つめて下手な発音を聞き取ろうとしてくれるのは、本当にドキドキするような瞬間だった。

ある時、授業中に何か話している彼女の顔をじっと見ていたら、つかつかと側に来て、何か用か、と尋ねられた。私はただうっとりしてシスターの顔を見ていただけなので、それに気づかれたのはなんともいえず恥ずかしかった。他の生徒にもそれぞれ何か似たような特別な思い出があるに違いない。そういう気持ちを起こさせるシスターだった。

2．寄宿舎の生活

幸か不幸か私はたまたま寄宿舎に入れられていたので、そこでも朝から晩までシスターとつきあう、というより監視される生活となった。

寄宿舎にいたおかげで、授業で分からない時にはすぐに友達にたずねることができたが、ここでは常に静粛であることが基本なので、私たちは食堂でもベッドルームでも廊下でも、無駄なおしゃべりは許されなかった。

しかし人生で一番おしゃべりしたい年頃の私たちにはそれは無理というものだった。次第に厳しいシスターの監視の目をくぐるコツも覚えて、けっこう楽しい寄宿舎生活と学校生活を送ることができた。

学校が決めた規則はいわば修道院の亜流のようなもので、とにかく生徒の自由を束縛し、何事もシスターの目の届くところでやらせる、という内容だった。中にはあまりにも理不尽でなぜそんな規則があるのか理解不能なものもあったが、とにかく素直に従うだけだった。

しかし、シスターが監督に来ている時はもちろん静かにしているが、姿が見えなくなるととたんにおしゃべりがはじまる。そしてシスターが腰に下げている大きなロザリオ（数珠のようなもの）が触れ合うカチンという音が聞こえると、すぐにシーンとなる。すぐ近くにシスターが来ている証拠なのだ。うっかり気がつかなくておしゃべりしていて見つかるとひどく叱られる。

その意味でこのロザリオの触れ合う音は、私たちには悪魔の足音のように思われた。夏休みなどで家に帰省している時でも、この「カチン」に似た音が聞こえると、それまで話したり笑ったりしていた顔がたちまちひきつって無言の仮面になる。この突発的反応は卒業後もしばらく消えなかった。

いま思えば、学校としては寄宿舎をあたかも修道院のようにしておきたかったのかもしれない。寄宿舎の棟続きにシスターが暮らす修道院があり、おそらくそこでシスターたちは厳しい規律の下で生活をしていたのだろう。

秘密に守られた修道院の暮らしは私たちにとっては興味津々だったけれど、生徒は絶対に近づくことのできない場所だった。それでも私たちはひそひそと、シスターのベールの下に髪の毛があるかどうか、なんてつまらないことを夢中になって話していた。

寄宿舎の生活で一番つらかったのは就寝時間が早かったことだ。期末試験中でも関係なく、夜の八時にはベッドルームに追いやられた。

それほど勉強をしたいわけでなくても、試験の勉強だけはしなくてはならない。でもその時間がない。それで寄宿生が思いついたのは、夜でも電気がつく場所で勉強する、ということだった。

誰でも思いつくのは夜中でも電気がついているお手洗いで、試験期間中トイレはいつも満員になる。時には「わたし、ホントのトイレなの！　すぐ出て！」と小声で叫ぶ人もいた。

その次は三階にある「物置部屋」。ここにはふだん使わない布団などが無造作に押し込められていて、もちろん電燈もつく。冬でも暖かいので、ここは一番の潜り込み場所。この部屋はきっちりドアが閉まって、中で電気をつけても灯が外に漏れない。

試験中以外でも、ここで禁じられている本を読む生徒もいた。当時爆発的な人気だった『風と共に去りぬ』をこっそり持ち込み、ここの布団の中で読みふけっている友達もいた。

カトリックには何かと「禁止条項」が多く、外の世界では誰でも見ているような出版物・映画なども、何か理由を付けて禁止されていた。『風と共に去りぬ』などは第一級の禁止書物だったので、もし読んでいるところが見つかったら退学だったかもしれない。

修道院と寄宿舎の中間に小ぶりのチャペルがあった。正面に両手を広げたマリア様の御像(ごぞう)のある静かな場所だった。

私たちは毎夕このお御堂(みどう)で数分間黙祷をするのが習わしだった。カトリック信者の生徒にはまた別に何か義務があったのかもしれない。

卒業後知ったことだが、寄宿舎にいた同級生十数人の中から二人、シスターになった。

前に、清心女子高に転校してからは中学生の時に入っていた放送合唱団に行けなくなったと書いたが、それをとても残念がっている私をシスターがかわいそうに思ったのか（まさか！）、あるいは転校の際、私がピアノを弾きたがっているとか、何かそういう話を母がシスターにしたのか、いきさつは不明だが、転校後まもなく寄宿舎に連なる修道院の一室で、ピアノの個人レッスンを受けることになった。

レッスンをしてくださる先生は少し年輩の女性で、毎週欠かさず来てくださるのだが、私はいつも、それほど練習できていなかった、というより、寄宿舎の日課はけっこう細かく時間が決められていて、ピアノの練習をする時間がなかった。

そのうえピアノがある場所が大きな講堂で、しかも校舎の中にあるので廊下をよく人が通る。そういうところではとても落ち着いて練習できるわけがなかった。

先生はどこまでもやさしく、上手に弾けなくても怒るなんてことはないし、新しい楽譜も持ってきてくださるし、本当にありがたかったのだけれど、結局、十分練習する時間が取れないという理由でこのレッスンはやめてしまった。完全に私のわがままだった。

ただ、いま密かに思い出してみると、いつも和服でお見えになるこの先生の、着物の着方が少々気になっていた。

先生はやや太めのボディを縮緬（ちりめん）のようなとろりとした着物に包んで椅子に座って指導してく

ださるのだが、動くたびにほんの少し足元がはだけてちょっとだらしなく見える。ピアノとはまったく関係ないことなのに私はなぜか妙に気になっていた。

いろいろ細かい事件みたいなことはあったけれど、とにかく無事に高校は卒業した。本当は岡山大学教育学部の音楽専攻科に行きたくて（当時国立大学は受験科目が七科目もあって、受験勉強をしていない私が受かるはずは絶対にないのだけれど）、とりあえず受けるだけでも受けたくて、受験に必要な高校の成績証明書を書いてほしいと担任の先生にお願いした。

ところがこの担任の教師があろうことか、このことをすぐさま学監シスター・セシリア（学長シスター・スペリオの次に偉い人）にご注進したのだ。私を清心の大学に入らせようと思っていた彼女は驚いて、家から母を呼び寄せ、岡山大学受験を思いとどまらせようとした。私は、どうせ受からないのだから受けるだけでも、と懇願したのだが、だめだった。

そこでシスターは「大学の学費は全額免除する」という条件を母に提示した。母にとっては願ってもない条件なので、母も一緒になって私を受験させまいと必死になる。この強力な二人の説得で、私はやむなく受験を諦めた。学費の問題は私にはどうすることもできないことなので、仕方なかった。どっちみち受けても受からないことは分かっていたので賢明な決断だったのだろう。

高校では、髪は肩に垂れるくらいか、三つ編みにするかのどちらかにしておかなければならなかった。三つ編みにしていた私は卒業と同時に髪をスパッと切って、当時流行していたセシルカットという耳が出るくらいの短さにした。ある意味、私に圧力をかけていた親やシスターなど、大人への反抗だったかもしれない。髪を短くしたことで私は身も心も軽くなり、新しい生活に希望を抱くことができた。

3．ノートルダム清心女子大学時代

制服から解放され、長いお下げ髪からも解放され、私は身も心も軽く、今度は通学生として大学に通うことになった。

毎朝七時発の片上線に乗り、和気で乗り換え、岡山駅で降り、西口（駅裏手の出口）から出て十分ほど歩いて大学に行く。途中に、奉還町（ほうかんちょう）という商店街があるが、行く時はなるべく近道を通り、帰る時ここの商店街をゆっくり見て歩いた。

大学には英文科・国文科・家政科の三つがあった。「清心で英語以外に何を学ぶのか」という気持ちもあって、当然私は英文科に入った。

高校の連続のようにシスターの英語の授業が続いたが、中でも私が一番記憶しているのはシスター・エレン・メリーの「Etymology（語源学）」だった。このクラスでは英語の単語を語源から細かく説明してくれた。思えばのちに私が大学院で「言語学」を専攻することになったのも、ルーツはここにあったのかもしれない。

またその後、私が大学で講義することになった時も、モデルにしたのはこのシスターであった。

英語から日本語への翻訳の授業は岡山大学から先生がいらっしゃった。私が憶えている翻訳の先生は、授業中ずっと教室の中を歩きながら、テキストに目を向けたきり、学生の方は一切見なかった。しかしこの先生のおかげで、英語からちゃんとした日本語にする基礎を教わったと思う。

もう一人、特徴のある岡山大学の先生は、「欧州文学」の担当で、時間中ずっとご自分のノートに目を向けたきり、その日の個所を読み上げ、学生はそれを必死で一字一句逃さないように書き取るだけだった。

難しい漢字・聞きなれない語などは黒板に書いてくださったが、そのほかの時間は大きな声でノートを読み上げるだけだった。私たちはあとでノートを見せ合って抜けた個所を補い合うのが日課となった。

とても単調な講義だったけれど、内容はかなり豊かで、それまで聞いたこともない国や人の名前や書物の話など、まさに「世界に開く窓」という感じだった。

後になって何かの機会にこのノートに記した事件や人物のことを目にすると、ふっとこの先生を思い出したものだ。

そのほかシスターの授業には「英米文学」が加わった。テキストはアメリカから送られてきた使い古しの『*Prose and Poetry*（散文と詩）』という「英米文学選集」。厚み八センチほど、大きさA４ほどの超大型書籍で、本来は図書館に置いておくべきものだったのではなかろうか。

私たちはこれを各自一年間大学から借りて、毎日脇に抱えて通学した。大きすぎて鞄に入らないので手で抱えるしかない。表紙が硬くてぶ厚いので、うっかりすると表紙と本文がはがれてしまうかもしれない。私たちはそれぞれ、きれいな布でカバーを作り、表紙と本文が外れないように工夫した。

そんな苦労をしたにもかかわらず、このでっかい書物で読んだ「英米文学」はほんの数編の詩だけだった。当時の私たちの英語力では長い小説などは読めなかったから仕方のないことではあったけれど……。

今なら簡単にコピーができる数ページの詩のために、私たちは毎日この重くてでかい英語の本を脇に抱えて汽車（蒸気機関車）で通学したのだった。

私が一番感謝している講義がある。

「書簡文」といって手紙の書き方の解説である。古い時代の手紙の様式から始まって、さまざまな場合の手紙の書き方を教えてくれた。季節のあいさつから始まって、終わりの「かしこ」

まで、日付と宛先の順序など、手紙の基本を手取り足取り教えてもらった。

おかげで、卒業後社会に出てから手紙を書かなくてはならない羽目になった時、この講義のノートをめくってみればその手本は必ず見つかった。卒業後ぼろぼろになるまで、いつまでも側に置いていたのはこのノートだけだった。


高校と違って大学ではいろいろな催しがあった。

「クリスマス・タブロー」と呼ばれる演目が一番大切な催しだったと思う。これはイエス・キリストの生誕物語の各シーンを、額縁に入れた絵のようにして見せるというもので、選ばれた学生がそれぞれの人物に扮してその絵に登場する。それぞれの場面で歌うコーラスに合わせて、絵の中の人がゆっくりと手や頭を動かして、まるで人物が生きて動いているかのような雰囲気を醸し出す。

私はコーラスに入っていたので、この「タブロー」には出なかったけれど、舞台脇でみんなと一緒に歌っていた。おかげでクリスマスの曲はほとんど全部歌ったし、今でもクリスマスの時期になると一人でも歌う。

そのほか毎年、英語演劇部がシェイクスピア劇を英語で上演した。これはシスター・メリー・フランセスというかなり年輩のシスターが、台本から上演まですべてを取り仕切った。

部員はフレッシュマン（一年生）からシニア（四年生）まで全学年にわたるので、当然上級生が主役、下級生が端役であった。私が記憶しているのは「真夏の夜の夢」で、当時主役を務めたシニアのお姉さま方は、ある意味憧れの的でもあった。

（ついでながら二年生はサファモア、三年生はジュニアと呼ばれた。意味不明のサファモアは多分〝suffer more〟〈もっと苦しむ〉ということで、「二年生になったらもっと苦しめ」ということだろうと私たちは勝手に理解していた。のちになって分かったことだけれど、sophomoreが正しい綴りで、これはギリシャ語のsophos, moros〈賢い、愚か〉をくっつけた語らしい。なるほど大学二年生は「半分賢くて半分ばか」には違いない）

私たちがシニアになった時は「マクベス」をやった。私もマルコムというダンカン王の長男の役をもらって必死に練習した。

台本はシスターが原文から有名なセリフと場面を選び出して作ったもので、もちろん全部英語。今でこそ誰もが知っているシェイクスピア劇であるが、一九五〇年代の岡山で知っている人はごくわずかだったに違いない。

意味も内容もほとんど分からないまま、私たちはシスターの指導に従ってとにかく上演した。上演当日、大学の講堂には大勢の観客が来た。多分誰も劇の内容など分からなかったと思うが、女子学生が西洋の衣装を着て英語で芝居をやるというだけで珍しかったのだろう。これらの衣装はアメリカから送られてきた古着であるが、とりあえずこれでなんとかシェイクスピア劇らしい扮装はできた。

卒業論文ももちろん英語で書いた、というか書かされた。

学生一人一人に指導のシスターが決まっていて、週一度のカンファレンスがある。卒論にどの作家を取り上げるかが一番の問題で、英米文学の基本的な知識のない私たちには、誰を選べばよいか見当もつかない。おそらく友達の多くは、それまで一度でも読んだことのある作家を選んだのだろうが、私は参考図書がたくさんある作家を選ぶことにした。

日本語の書籍もあまりない時代に、英米文学の、それも英語で書かれた書物などそう簡単に見つかるはずはなかった。私たちの大学の図書館、というより図書室に一番多くあったのはシェイクスピア関連の本だった。

作品はそれほど読んでいなかったので、とにかく手っ取り早く書きやすいテーマをと思い、劇場での上演形式の変化をたどることにした。そのころシェイクスピア劇がかなり奇抜な演出で上演されたことがちょっと話題になっていたらしく、私の耳にもそのことが入っていたのだろう。

簡単かと思って取り上げたテーマであったけれど、やはり英語の書物から必要な情報を得るのは難しかった。それでも必死になってなんとか参考になりそうな個所を見つけ出し、自分の論文に組み込んで、めちゃくちゃながらも英文にまとめてタイプライターで打ち込み、毎週シスターのカンファレンスを受けた。

私の担当はシスター・フランセス・セント・アンという、静かな声で話す方で、私が何を書きたいのか、しっかり聞いてくださって、まずい英文をていねいに直してくださった。正直に言えば、私の卒論は半分以上、シスター・フランセス・セント・アンが書いたといってもいいくらいだ。多分、他の学生も似たようなものだったのではないか。


卒論でもう一つ困ったのはタイプライターである。

最初はタイプライターの打ち方の授業があり、担当のシスターが物差しで机を叩きながら〝J，K，J，K，F，D，F，D〟などと声を張り上げる。私たちはそれに従って、決められた指でそれぞれのキイを叩く。それを繰り返してキイと指の関係を覚えると同時にタイプライターの教則本に従って単語を打つ。それからようやく文章を打つことになるのだが、ここまで来るのは本当に大仕事。

シスターに卒論を見ていただく時には、少なくとも数枚のコピーを作っておかなければならない。

このころのコピーはタイプ用紙の間にカーボン紙をはさんで打つのだが、これがまた大問題で、打ち間違った時の訂正が泣けるほどつらい。しかもタイプライターは学生の数より少ないので、いつも誰かが使っていて空くのを待たなくてはならない。

こうして死ぬような思いで書き終わった卒論を期限までに提出し、ようやく卒業にこぎつけることができた。


私たちの卒業式はほぼ完全にアメリカの大学の卒業式をなぞったものだったことは、ずっと後になってアメリカの映画などを見て理解した。しかし当時はそういうことも知らず、言われるままに卒業生は全員、房の垂れた四角い黒いキャップをかぶり、黒いふわりとしたガウンを羽織って、エルガーの「威風堂々」の曲に合わせて講堂の真ん中を一歩一歩しずしずと歩いた。

このために私たちがどれほどの時間を費やして練習したか、息を凝らして見ている参列者は誰も知らないが、大学時代を終えるにふさわしい、厳粛なセレモニーであった。

このノートルダム清心女子大学の卒業式は、当時としてはとても珍しく、ちょっと注目されていたようで、ＮＨＫがカメラを抱えて撮影に来ていた。

こうして無事、四年間の大学生活は終わった。一九五九年三月のことだった。

四　社会人になって

1．就職・結婚・出産

私が大学を卒業した同じ年に、皇太子殿下が「平民」の女性と結婚するという大ニュースがあった。

世の中の話題はお妃になられた美智子妃に集中して「ミッチーブーム」という新語が生まれたほどだった。私と同年配のこの方は、とても美しく上品で「平民の娘」といってても到底その辺にいる普通の娘さんではなかった。世間は、さすが殿下は女性を見る目がある、と感心した。

戦後すでに十五年も経つと日本国内の雰囲気も変わる。誰もが知っている当時の社会現象としては、いわゆる「六〇年安保闘争」があるだろう。

政府が成立を目指した「新安保条約」に反対するデモが各地で発生し、一番目立ったのは全学連の国会デモだったのではないか。一九五三年に始まっていたテレビ放送は、まだそれほど広範囲に視聴されていたわけではなかったが、国中、誰もがどこかで「安保闘争」をテレビで見たのではないか。

田舎にいてそういう話題には疎い私でも、同年配の若者の主張することばには一応耳を傾けていた。

こうしてアメリカ一辺倒だった日本は、労働者や若者を中心にして反アメリカ的になっていったように思われる。しかし彼らが目指したのはアメリカに反対して戦前の日本に戻るというのではなくて、新しく輸入された革新的、あるいは革命的思想に向かっていたと言われている。しかしそのような思想はおそらく大半の国民には理解できなかったのではなかろうか。

一方、終戦後まもなく日本は世界が驚くほどの好景気を経験し、生活は一気に西欧化した。街には新たに発明された電気製品が溢れて、日常生活はみるみる便利になった。

当時一番新しい報道機関として開局後間もないテレビ局は、おそらく大学を卒業した若者にはとても魅力的だったのだろう。私も可能ならばそこで働きたいと思い、大学の恩師にお願いして大阪のあるテレビ局の役員に紹介していただいた。

そのおかげで入社試験を受けさせてもらうことになったのだが、なんと運よく合格した。翌年四月から晴れて正式の社員としてテレビ局に勤めることができた私は本当に幸運だったと思う。

配置されたのは審議室というところで大した仕事はなかったけれど、清心時代とは違って周囲には男性が多く、いろいろ目新しいことも多くて、それなりに楽しかった。

この会社は給料もよく待遇もよく申し分なかったのだけれど、まもなく予定していた相手と結婚し、すぐに長女を出産した。子供が生まれたからには会社は辞めざるを得なかった。

私を受け入れてくださった会社の上司の方々は、「せっかく女子の大卒を取ったのに、やっぱり女はすぐ辞めるからだめだな」と思われたに違いない。私だって辞めたくはなかったけれど、子供を見てくれる人も、預けるところもない状況では、母親が仕事を辞めて育児に専念する以外に方法はない。女性にはそれが当然とされた時代であった。

その後、次女と長男が生まれて子供は三人になった。子供は可愛かったし自分で育てるのが一番だとは思っていたが、私はどうしても何か仕事がしたかった。助産婦を続けていた母は六十歳になったばかりでまだ元気で仕事をしていたかったと思うが、無理矢理頼み込んで私の家に同居してもらった。

おかげで三人の子供を産むことができ、一人っ子でさびしい思いをしていた私は嬉しかった。

家庭に軸足を置きながら少しずつ仕事ができるようになったのは、一〇〇パーセント同居してくれた母のおかげである。しかしやはり助産婦として一流の腕を持っていた母を途中で辞めさせたのは申し訳ないことだったと思う。その一方、私を育てる時は叔母やら祖母やらに助けてもらいながら仕事をしていた母としては、今度は自分が主として孫の育児に携わるようになって、結構楽しかったのではあるまいか。私の言い訳かもしれないけれど……。

2．新しい仕事を求めて

こうしてある程度、家庭と育児から解放された私が最初に考えたのは、やはり英語を武器に何かの資格を取ることだった。自宅を拠点にして子供の面倒も見ながらやれる仕事として最初に私が目を付けたのは「通訳案内業」の国家試験だった。

この試験は確か三回あったと思う。最初は英語の筆記試験で、その時は試験場近くの駅から行列ができるほど大勢の受験者がいた。その人数を見て私は到底だめだと思っていたが、運よくパスしたらしく、二回目の一般常識テストも受けることになった。その時には駅からの人数はかなり減っていた。この常識テストには日本の歴史や地理のほか時事問題なども含まれるので、私は一番苦手だった。しかし受験前の特別講座に通ってにわか勉強をしたのが功を奏したのか、付け焼き刃の知識にもかかわらず運よく合格した。

三回目は日本人による英会話の面接で、シスターの会話に慣れている私には何の問題もなかった。

難関といわれていた通訳案内業の試験だったが、とりあえず合格することができ、晴れて通訳ガイドの仕事ができるようになった。

当時はこの資格を持つ人がそれほど多くなかったのか、ほやほやの新米の私にも次々に仕事が舞い込んできた。始めは個人の客が主で、ハイヤーで京都・奈良をまわるのが通例だった。最初のお客さんは今でも憶えているが、オーストラリアから初めて日本に来た女性で、一緒に宝塚歌劇を見に行った。これは多分、通訳ガイド初心者向けの一番楽な仕事だったのではないか。なにしろお客と一緒に芝居を見ながら話し相手をするだけでよかったのだから。

おそらく旅行会社が手加減しながら仕事を回してくれていたのだろう。新米ガイドに対するこのような配慮によって、私も少しずつ外人観光客を扱う要領を覚え、次第に難度の高い仕事が来るようになった。

当時日本に来る外国人は日本の会社と取引のある外国、主としてアメリカ、ヨーロッパ系の大きな会社の上層部の人が多く、仕事のない日に通訳を雇って少し贅沢な観光をすることが多かった。おかげで私は彼らといっしょに高級料亭で和食を食べたり一流ホテルでランチをしたりすることもあった。

仕事に直結すること以外日本のことをほとんど知らない彼らは、私から日本についての基本的な知識を得ると同時に、車であちこち見物しながら、目にするもの一つ一つについて説明を求め、日本への興味と理解を深めていったと思う。

ちょうどその頃大阪万博が開催されることになり、大阪市が外国賓客と歓迎会や宴会を催す際、通訳をさせるシティ・ホステスを募集していた。私はこれも面白そうと思い、ダメもとで試験を受けてみた。

これにも運よく合格して、二十名くらいの他のホステスといっしょに大阪市による準備講座を受けて、いわゆる外国のＶＩＰと市上層部との会話の間を取り持った。

「取り持った」というのは変な言い方だけれど、実際、市のお役人の日本語を発話通り正確に訳したのでは会話がはずまないことが多い。私は彼らの言いたいことを汲み取って、その気持ちと内容がよく分かるように英語に言い換えて相手のお客様に伝えた。

3. もう一度大学へ――第二の人生

万博が終わった頃、夫が東京転勤になった。そのため私は関西で培った通訳案内業を続けることができなくなった。

もちろんこの資格は全国に通用するので、やる気になればやれるわけだけれど、東京のことは何も知らないし、改めて勉強するほどの意欲もないので、結局家庭で過ごす時間が大半となった。

私はずっと自分の子供には幼い時から英語を教えたいと思っていたが、親子だけではわがままが出ると思い、よその子もいっしょに自宅で小さい英語の教室を始めることにした（この教室を「メイフラワー・イングリッシュ・セミナー」と名付けたのは、十七世紀にアメリカ新大陸を目指してイギリスを出帆した清教徒に倣う気持ちがあったから)。当時子供に英語を教える場所はどこにもなかったので、近所の子供たちが大勢来てくれた。

しかし、自分で工夫した教材を使って一から子供たちに英語を教えるのはとても楽しかったけれど、そういう簡単な英語ばかりを扱っているうちに、私は自分の英語力がどんどん衰えていくのを感じ、どうにもならない焦燥感に駆られた。

どうすればよいか考えているうちに、とにかくもう一度ちゃんと英語の勉強をしたい、そのためにとりあえず大学院の入学試験を受けてみたいと思った。

大学院を受けたいと思ったのは、たまたま自宅から通学可能なところに国際基督教大学（通称ＩＣＵ）があったからだった。

ここは終戦後まもなくアメリカのキリスト教系の民間団体の寄付によって創立されたプロテスタントの大学で、設立当時からちょっとした話題になっていた。実は私も高校時代に受験したいと思っていたが、受かるかどうかの前に、東京の大学へなど絶対無理と分かっていたので、親にも誰にもひとことも話さなかった。

その、かつて夢見た大学に、それも大学院に、もしかしたら入れるかも、入れなくても受験くらいはできるかも、と思ったとたん、どうしても受けてみたくなった。はるか昔にはシスター・セシリアと母に岡山大学受験を諦めさせられたけれど、今度は夫と母に、とにかく受けるだけでいいからと頼んで受験させてもらった。

今はどうか知らないけれど、当時のＩＣＵの入学試験はまるでクイズのようで、このクイズと英語の読解力が主たるテストであった。どちらのテストも全然分からず、私はやっぱりだめだわ、と受けたその日からすでに諦めていた。

が、発表の日には、どうせ落ちてる、と自分に言い聞かせつつ、それでも恐る恐る見に行った。すると驚くことに合格発表の張り紙に、私の受験番号があった！

どうしても信じられない私は、わざわざ事務室に確かめに行った。事務室の女性は私の名前を聞いて調べてくれて「合格していますよ、おめでとうございます」と言ってくれた。

こうして私は「大学院は二年間だけだから」と言って夫と母を無理矢理説得してＩＣＵの大学院に入学した。一九七四年のことだった。

この年、我が家では三人の「一年生」が誕生した。長女が中学一年生、長男が小学一年生、そして私が大学院一年生となった。


大学院に入ってみて驚いたのは、この大学とりわけ大学院はノートルダム清心女子大学とはまるで違って、「学問の研究」を主たる目的にしていることだった。

ここで私はこれまで経験もしたことのなかった「研究」という世界に入ることになるのだが、

これによって予想もしなかった「大学で教える」という、私の第二の人生が始まることになる。それは奇しくも日本の経済が活性化して世界に広がっていった七〇年〜八〇年代に重なる。

若い世代の勉学熱も高まり、新しい大学や学部があちこちに新設されたおかげで、私のような、昨日まで主婦をしていた頼りない者にも大学で教えるチャンスが与えられた。

初めは非常勤講師として都内の有名女子大で英語関係の講義をいくつか担当させてもらった。そのうち非常勤の仕事の数も増え、やがて専任講師の口を紹介していただいて正式な大学教員となった。

専任になると講義以外の仕事も増えたが、一方で大学からは研究活動を奨励する意味で、「研究費」という名目の経済的な援助も受けられた。そのおかげで私は参考図書を購入し、日本語と英語で論文を書き、ほぼ毎年、国内と海外の学会で発表した。

それらの論文は口頭発表後きちんとまとめて、学内の紀要や所属する学会誌に発表した。英国の一流出版社が出版した研究書に私の論文が掲載されたこともある。これは私としては天にも昇るほどうれしかった。

研究は一人でするよりも仲間と協力してやる方が成果が上がる。最初からそう思ったわけではなかったが、やはり友達というか研究仲間が欲しいと思い、全国規模の大きな学会の中に日英の待遇表現（円滑なコミュニケーションを推進するため、上下関係、その場の状況や雰囲気を認識して言葉、文章を選択すること）を比較する小さな研究会を作った。たまたまそのような研究会はどこにもなかったらしく、すぐに仲間が集まった。

女性が主だったが、みんな頭がよく、元気もよく、アイディアを出し合ってさまざまな共同研究を行った。少額ながら科研費（科学研究費）も得て、共同で研究発表することもあったし、各自がそれぞれ論文にまとめて、ほぼ毎年どこかで発表した。

時には彼女たちと一緒に「研究発表」の目的で海外の学会に出席し、ついでに近隣をほんの少し観光するのは何より楽しかった。

4. 第三の人生

ちょうどそのころ日本社会全体は好景気で、日本の経済活動は世界中に広がり、一時アメリカを超えるほどの金持ちになった。

しかしながらこの八〇年代の好景気はあっという間に霧のように消え、つかの間の夢となった。のちに「バブル景気」と呼ばれることになるころである。

そしてその「バブルの終焉」とほぼ時を同じくして、私にはまたしても思いがけなく第三の道が開けた。この時から住居も同居人もすべて変わり、まったく新たな人生が始まった。

思いがけず始まったこの新たな暮らしのおかげで、私はまったく新しい人々に出会い、思いもしなかった毎日を過ごすことになった。

大学を定年退職した私は、今度は大人の人たちを相手に、「生涯学習センター」で英語を読むクラスを始めた。

英会話ではない英語の教室というのはあまりなかったみたいで、それに興味を持った大人の方が大勢来てくださった。その方々の中にはもう十年以上もずっと続けている人も多い。もちろん新たに入る方もあって、予想もしなかったことだが今も教室は続いている。

この大人のクラスで読んでいるのは、一つは「シャーロック・ホームズ」シリーズ、もう一つは英米の新聞から適宜ニュースを選んで英語で読むもの、あと一つは会話を交えて「イソップ物語」を英語で読むものである。

このような大人のクラスには、社会の第一線を退いて余生を豊かに過ごしている方が多い。英語を読むなどという、少々面倒くさいクラスにこうして集まってくださるのは私には何よりうれしいことだが、参加者ご自身も喜んでいてくださるようで、神様に許されるかぎりは続けていきたいと思っている。

あとがき

私が生まれた戦争中の日本は、私にとっては目も耳も塞がれた「鎖国」の状態であったが、昭和二十年八月十五日を境にして一気に「開国」した。

庶民には戦争に負けたのかどうかもはっきり知らされないうちに、怒涛のように「アメリカ」が押し寄せた。「鬼畜米英」だった日本は、一夜にしてすべてがマッカーサーの言いなりになる「開きっぱなしの国」になった。私は幸運にもその波に乗って豊かになっていく戦後の昭和時代を生きてきた。


しかしながら一九九〇年代に入って、突然それまでの好景気が終わって「バブルの夢」となった。その「弾けた夢」の状態は二十一世紀のいまも続き、日本は世界一の経済大国から、何事につけても世界の底辺を漂うような国になった。そして、そこからいつ抜け出せるか誰にも分からない。

世界を見渡しても、いつどこで何が起こるか予想できないような雰囲気が漂っていて、世界中が理由のない不安におびえていると言ってもいいかもしれない。

そういう不安をやわらげようとして、かなりの国で「強いリーダー」を求める気運が高まっている。もしかするとそのような気運は、自国優先・外国排除の方向に向かうかもしれない。それはすなわちこの小論の流れで言うならば「鎖国」に向かう方向である。私がこの小論に「鎖国」と「開国」を付け加えたのは、このような危惧を感じているからにほかならない。

いずれ近いうちに人生の終わりを迎えるにあたって、そのようなことがふたたび日本で起こりませんようにという祈りの気持ちをこめて、私はこの小冊子を終えたいと思う。

二〇二二年十一月

堀　素子

著者プロフィール

堀 素子（ほり もとこ）

1936（昭和11）年　岡山県和気郡片上町（現備前市）にて出生
1955（昭和30）年　ノートルダム清心女子大学英文科入学、昭和34年卒業
1965（昭和40）年　通訳案内業国家資格取得、関西地区にて外国人の通訳案内業従事
1974（昭和49）年　国際基督教大学大学院修士課程入学、昭和51年修了
1984（昭和59）年　城西大学女子短期大学部（現・城西短期大学）助教授
1990（平成２）年　東海女子大学（現・東海学院大学）文学部教授
2001（平成13）年　関西外国語大学外国語学部教授
2008（平成20）年　関西外国語大学外国語学部退職
2008（平成20）年　岐阜市生涯学習センターにて市民自主講座講師として講座開設
その後サークルとして現在も継続中

私にとっての「鎖国」と「開国」 激動の昭和の片隅で

2023年５月15日　初版第１刷発行

著　者　堀 素子
発行者　瓜谷 綱延
発行所　株式会社文芸社
〒160-0022　東京都新宿区新宿１－10－１
電話　03-5369-3060（代表）
03-5369-2299（販売）

印刷所　図書印刷株式会社

ISBN978-4-286-30093-1　JASRAC 出2210281－201